Dostojewski F. M.

Weiße Nächte

Достоевский Ф. М.

Белые ночи

Classic Pages

Dostojewski, F. M.

Weiße Nächte

Russischsprachige Ausgabe

Reihe: classic pages

1. Auflage 2010 | ISBN: 978-3-86741-249-0

© Europäischer Hochschulverlag GmbH & Co KG

www.classic-pages.de

WIEßE NÄCHTE

Eine Liebesgeschichte

БЕЛЫЕ НОЧИ

Сентиментальный роман

Из воспоминаний мечтателя

*...Иль был он создан для того,
Чтобы побыть хотя мгновенье
В соседстве сердца твоего?..*

Иван Тургенев

Содержание романа

НОЧЬ ПЕРВАЯ 3

НОЧЬ ВТОРАЯ 21

ИСТОРИЯ НАСТЕНЬКИ 45

НОЧЬ ТРЕТЬЯ 62

НОЧЬ ЧЕТВЕРТАЯ 74

УТРО 91

НОЧЬ ПЕРВАЯ

Была чудная ночь, такая ночь, которая разве только и может быть тогда, когда мы молоды, любезный читатель. Небо было такое звездное, такое светлое небо, что, взглянув на него, невольно нужно было спросить себя: неужели же могут жить под таким небом разные сердитые и капризные люди? Это тоже молодой вопрос, любезный читатель, очень молодой, но пошли его вам господь чаще на душу!.. Говоря о капризных и разных сердитых господах, я не мог не припомнить и своего благонравного поведения во весь этот день. С самого утра меня стала мучить какая-то удивительная тоска. Мне вдруг показалось, что меня, одинокого, все покидают и что все от меня отступаются. Оно, конечно, всякий вправе спросить: кто ж эти все? потому что вот уже восемь лет, как я живу в Петербурге, и почти ни одного знакомства не умел завести. Но к чему мне знакомства? Мне и без того знаком весь Петербург; вот почему мне и показалось, что меня все покидают, когда весь Петербург поднялся и вдруг уехал на дачу. Мне страшно стало оставаться одному, и целых три дня я бродил по городу в глубокой тоске, решительно не понимая, что со мной делается. Пойду ли на Невский, пойду ли в сад, брожу ли по набережной -

ни одного лица из тех, кого привык встречать в том же месте, в известный час, целый год. Они, конечно, не знают меня, да я-то их знаю. Я коротко их знаю; я почти изучил их физиономии - и любуюсь на них, когда они веселы, и хандрю, когда они затуманятся. Я почти свел дружбу с одним старичком, которого встречаю каждый божий день, в известный час, на Фонтанке. Физиономия такая важная, задумчивая; все шепчет под нос и махает левой рукой, а в правой у него длинная сучковатая трость с золотым набалдашником. Даже он заметил меня и принимает во мне душевное участие. Случись, что я не буду в известный час на том же месте Фонтанки, я уверен, что на него нападет хандра. Вот отчего мы иногда чуть не кланяемся друг с другом, особенно когда оба в хорошем расположении духа. Намедни, когда мы не видались целые два дня и на третий день встретились, мы уже было и схватились за шляпы, да благо опомнились вовремя, опустили руки и с участием прошли друг подле друга. Мне тоже и дома знакомы. Когда я иду, каждый как будто забегает вперед меня на улицу, глядит на меня во все окна и чуть не говорит: "Здравствуйте; как ваше здоровье? и я, слава богу, здоров, а ко мне в мае месяце прибавят этаж". Или: "Как ваше здоровье? а меня завтра в починку". Или: "Я чуть не сгорел и притом испугался" и т.

д. Из них у меня есть любимцы, есть короткие приятели; один из них намерен лечиться это лето у архитектора. Нарочно буду заходить каждый день, чтоб не залепили как-нибудь, сохрани его господи!.. Но никогда не забуду истории с одним прехорошеньким светло-розовым домиком. Это был такой миленький каменный домик, так приветливо смотрел на меня, так горделиво смотрел на своих неуклюжих соседей, что мое сердце радовалось, когда мне случалось проходить мимо. Вдруг, на прошлой неделе, я прохожу по улице и, как посмотрел на приятеля - слышу жалобный крик: "А меня красят в желтую краску!" Злодеи! варвары! они не пощадили ничего: ни колонн, ни карнизов, и мой приятель пожелтел, как канарейка. У меня чуть не разлилась желчь по этому случаю, и я еще до сих пор не в силах был повидаться с изуродованным моим бедняком, которого раскрасили под цвет поднебесной империи.

Итак, вы понимаете, читатель, каким образом я знаком со всем Петербургом.

Я уже сказал, что меня целые три дня мучило беспокойство, покамест я догадался о причине его. И на улице мне было худо (того нет, этого нет, куда делся такой-то?) - да и дома я был сам не свой. Два вечера добивался я: чего недостает мне в моем углу? отчего так неловко было в нем оставаться? - и с недоумением осматривал я свои зеленые закоптелые стены, потолок, завешанный паутиной, которую с большим успехом разводила Матрена, пересматривал всю свою мебель, осматривал каждый стул, думая, не тут ли беда? (потому что коль у меня хоть один стул стоит не так, как вчера стоял, так я сам не свой) смотрел за окно, и все понапрасну... нисколько не было легче! Я даже вздумал было призвать Матрену и тут же сделал ей отеческий выговор за паутину и вообще за неряшество; но она только посмотрела на меня в удивлении и пошла прочь, не ответив ни слова, так что паутина еще до сих пор благополучно висит на месте. Наконец я только сегодня поутру догадался, в чем дело. Э! да ведь они от меня удирают на дачу! Простите за тривиальное словцо, но мне было не до высокого слога... потому что ведь все, что только ни было в Петербурге, или переехало, или переезжало на дачу; потому что каждый почтенный господин солидной наружности, нанимавший извозчика, на глаза мои тотчас же обращался в почтенного отца семейства, который после обыденных должностных занятий отправляется налегке в недра своей фамилии, на дачу; потому что у каждого прохожего был теперь уже совершенно особый вид, который чуть-чуть не говорил всякому встречному: "Мы, господа, здесь только так, мимоходом, а вот через два часа мы уедем на дачу". Отворялось ли окно, по которому побарабанили сначала тоненькие, белые, как сахар, пальчики, и высовывалась головка хорошенькой девушки, подзывавшей разносчика с горшками цветов, - мне тотчас же, тут же представлялось, что эти цветы только так покупаются, то есть вовсе не для того, чтоб наслаждаться весной и цветами в душной городской квартире, а что вот очень скоро все переедут на дачу и цветы с собою увезут. Мало того, я уже сделал такие успехи в своем новом, особенном роде открытий, что уже мог безошибочно, по одному виду, обозначить, на какой кто даче живет. Обитатели Каменного и Аптекарского островов или Петергофской дороги отличались изученным изяществом приемов, щегольскими летними костюмами и прекрасными экипажами, в которых они приехали в город. Жители Парголова и там, где подальше, с первого взгляда "внушали" своим благоразумием и солидностью; посетитель Крестовского острова отличался невозмутимо-веселым видом. Удавалось ли мне встретить длинную процессию ломовых извозчиков, лениво шедших с возжами в руках подле возов, нагруженных целыми горами всякой мебели, столов, стульев, диванов турецких и не-турецких и прочим домашним скарбом, на котором, сверх всего этого, зачастую восседала, на самой вершине воза, тщедушная кухарка, берегущая барское добро как зеницу ока; смотрел ли я на тяжело нагруженные домашнею утварью лодки, скользившие по Неве иль Фонтанке, до Черной речки иль островов, - воза и лодки удесятерялись, усотерялись в глазах моих; казалось, все поднялось и поехало, все переселялось целыми караванами на дачу; казалось, весь Петербург грозил обратиться в пустыню, так что наконец мне стало стыдно, обидно и грустно: мне решительно некуда и незачем было ехать на дачу. Я готов был уйти с каждым возом, уехать с каждым господином почтенной наружности, нанимавшим извозчика; но ни один, решительно никто не пригласил меня; словно забыли меня, словно я для них был и в самом деле чужой!

Я ходил много и долго, так что уже совсем успел, по своему обыкновению, забыть, где я, как вдруг очутился у заставы. Вмиг мне стало весело, и я шагнул за шлагбаум, пошел между засеянных полей и лугов, не слышал усталости, но чувствовал только всем составом своим, что какое-то бремя спадает с души моей. Все проезжие смотрели на меня так приветливо, что решительно чуть не кланялись; все были так рады чему-то, все до одного курили сигары. И я был рад, как еще никогда со мной не случалось. Точно я вдруг очутился в Италии, - так сильно поразила природа меня, полубольного горожанина, чуть не задохнувшегося в городских стенах.

Есть что-то неизъяснимо трогательное в нашей петербургской природе, когда она, с наступлением весны, вдруг выкажет всю мощь свою, все дарованные ей небом силы, опушится, разрядится, упестрится цветами... Как-то невольно напоминает она мне ту девушку, чахлую и хворую, на которую вы смотрите иногда с сожалением, иногда с какою-то сострадательною любовью, иногда же просто не замечаете ее, но которая вдруг, на один миг, как-то нечаянно сделается неизъяснимо, чудно прекрасною, а вы, пораженный, упоенный, невольно спрашиваете себя: какая сила заставила блистать таким огнем эти грустные, задумчивые глаза? что вызвало кровь на эти бледные, похудевшие щеки? что облило страстью эти нежные черты лица? отчего так вздымается эта грудь? что так внезапно вызвало силу, жизнь и красоту на лицо бедной девушки, заставило его заблистать такой улыбкой, оживиться таким сверкающим, искрометным смехом? Вы смотрите кругом вы кого-то ищете, вы догадываетесь... Но миг проходит, и, может быть, назавтра же вы встретите опять тот же задумчивый и рассеянный взгляд, как и прежде, то же бледное лицо, ту же покорность и робость в движениях и даже раскаяние, даже следы какой-то мертвящей тоски и досады за минутное увлечение... И жаль вам, что так скоро, так безвозвратно завяла мгновенная красота, что так обманчиво и напрасно блеснула она перед вами, - жаль оттого, что даже полюбить ее вам не было времени...

А все-таки моя ночь была лучше дня! Вот как это было.

Я пришел назад в город очень поздно, и уже пробило десять часов, когда я стал подходить к квартире. Дорога моя шла по набережной канала, на которой в этот час не встретишь живой души. Правда, я живу в отдаленнейшей части города. Я шел и пел, потому что, когда я счастлив, я непременно мурлыкаю что-нибудь про себя, как и всякий счастливый человек, у которого нет ни друзей, ни добрых знакомых и которому в радостную минуту не с кем разделить свою радость. Вдруг со мной случилось самое неожиданное приключение.

В сторонке, прислонившись к перилам канала, стояла женщина; облокотившись на решетку, она, по-видимому, очень внимательно смотрела на мутную воду канала. Она была одета в премиленькой желтой шляпке и в кокетливой черной мантильке. "Это девушка, и непременно брюнетка", - подумал я. Она, кажется, не слыхала шагов моих, даже не шевельнулась, когда я прошел мимо, затаив дыхание и с сильно забившимся сердцем. "Странно! - подумал я, -

верно, она о чем-нибудь очень задумалась", и вдруг я остановился как вкопанный. Мне послышалось глухое рыдание. Да! я не обманулся: девушка плакала, и через минуту еще и еще всхлипывание. Боже мой! У меня сердце сжалось. И как я ни робок с женщинами, но ведь это была такая минута!.. Я воротился, шагнул к ней и непременно бы произнес: "Сударыня!" - если б только не знал, что это восклицание уже тысячу раз произносилось во всех русских великосветских романах. Это одно и остановило меня. Но покамест я приискивал слово, девушка очнулась, оглянулась, спохватилась, потупилась и скользнула мимо меня по набережной. Я тотчас же пошел вслед за ней, но она догадалась, оставила набережную, перешла через улицу и пошла по тротуару. Я не посмел перейти через улицу. Сердце мое трепетало, как у пойманной птички. Вдруг один случай пришел ко мне на помощь.

По той стороне тротуара, недалеко от моей незнакомки, вдруг появился господин во фраке, солидных лет, но нельзя сказать, чтоб солидной походки. Он шел, пошатываясь и осторожно опираясь об стенку. Девушка же шла, словно стрелка, торопливо и робко, как вообще ходят все девушки, которые не хотят, чтоб кто-нибудь вызвался провожать их ночью домой, и, конечно, качавшийся господин ни за что не догнал бы ее, если б судьба моя не надоумила его поискать искусственных средств. Вдруг, не сказав никому ни слова, мой господин срывается с места и летит со всех ног, бежит, догоняя мою незнакомку. Она шла как ветер, но колыхавшийся господин настигал, настиг, девушка вскрикнула - и... я благословляю судьбу за превосходную сучковатую палку, которая случилась на этот раз в моей правой руке. Я мигом очутился на той стороне тротуара, мигом незваный господин понял, в чем дело, принял в соображение неотразимый резон, замолчал, отстал и только, когда уже мы были очень далеко, протестовал против меня в довольно энергических терминах. Но до нас едва долетели слова его.

- Дайте мне руку, - сказал я моей незнакомке, - и он не посмеет больше к нам приставать.

Она молча подала мне свою руку, еще дрожавшую от волнения и испуга. О незваный господин! как я благословлял тебя в эту минуту! Я мельком взглянул на нее: она была премиленькая и брюнетка - я угадал; на ее черных ресницах еще блестели слезинки недавнего испуга или прежнего горя, - не знаю. Но на губах уже сверкала улыбка. Она тоже взглянула на меня украдкой, слегка покраснела и потупилась.

- Вот видите, зачем же вы тогда отогнали меня? Если б я был тут, ничего бы не случилось...

- Но я вас не знала: я думала, что вы тоже...

- А разве вы теперь меня знаете?

- Немножко. Вот, например, отчего вы дрожите?

- О, вы угадали с первого раза! - отвечал я в восторге, что моя девушка умница: это при красоте никогда не мешает. - Да, вы с первого взгляда угадали, с кем имеете дело. Точно, я робок с женщинами, я в волненье, не спорю, не меньше, как были вы минуту назад, когда этот господин испугал вас... Я в каком-то испуге теперь. Точно сон, а я даже и во сне не гадал, что когда-нибудь буду говорить хоть с какой-нибудь женщиной.

- Как? неужели?..

- Да, если рука моя дрожит, то это оттого, что никогда еще ее не обхватывала такая хорошенькая маленькая ручка, как ваша. Я совсем отвык от женщин; то есть я к ним и не привык никогда; я ведь один... Я даже не знаю, как говорить с ними. Вот и теперь не знаю - не сказал ли вам какой-нибудь глупости? Скажите мне прямо; предупреждаю вас, я не обидчив...

- Нет, ничего, ничего; напротив. И если уже вы требуете, чтоб я была откровенна, так я вам скажу, что женщинам нравится такая робость; а если вы хотите знать больше, то и мне она тоже нравится, и я не отгоню вас от себя до самого дома.

- Вы сделаете со мной, - начал я, задыхаясь от восторга, - что я тотчас же перестану робеть, и тогда - прощай все мои средства!..

- Средства? какие средства, к чему? вот это уж дурно.

- Виноват, не буду, у меня с языка сорвалось; но как же вы хотите, чтоб в такую минуту не было желания...

- Понравиться, что ли?

- Ну да; да будьте, ради бога, будьте добры. Посудите, кто я! Ведь вот уж мне двадцать шесть лет, а я никого никогда не видал. Ну, как же я могу хорошо говорить, ловко и кстати? Вам же будет выгоднее, когда все будет открыто, наружу... Я не умею молчать, когда сердце во мне говорит. Ну, да все равно... Поверите ли, ни одной женщины, никогда, никогда! Никакого знакомства! и только мечтаю каждый день, что наконец-то когда-нибудь я встречу кого-нибудь. Ах, если б вы знали, сколько раз я был влюблен таким образом!..

- Но как же, в кого же?

- Да ни в кого, в идеал, в ту, которая приснится во сне. Я создаю в мечтах целые романы. О, вы меня не знаете! Правда, нельзя же без того, я встречал двух-трех женщин, но какие они женщины? это все такие хозяйки, что... Но я вас насмешу, я расскажу вам, что несколько раз думал заговорить, так, запросто, с какой-нибудь аристократкой на улице, разумеется, когда она одна; заговорить, конечно, робко, почтительно, страстно; сказать, что погибаю один, чтоб она не отгоняла меня, что нет средства узнать хоть какую-нибудь женщину; внушить ей, что даже в обязанностях женщины не отвергнуть робкой мольбы такого несчастного человека, как я. Что, наконец, и все, чего я требую, состоит в том только, чтоб сказать мне какие-нибудь два слова братские, с участием, не отогнать меня с первого шага, поверить мне на слово, выслушать, что' я буду говорить, посмеяться надо мной, если угодно, обнадежить меня, сказать мне два слова, только два слова, потом пусть хоть мы с ней никогда не встречаемся!.. Но вы смеетесь... Впрочем, я для того и говорю...

- Не досадуйте; я смеюсь тому, что вы сами себе враг, и если б вы попробовали, то вам бы и удалось, может быть, хоть бы и на улице дело было; чем проще, тем лучше... Ни одна добрая женщина, если только она не глупа или особенно не сердита на что-нибудь в ту минуту, не решилась бы отослать вас без этих двух слов, которых вы так робко вымаливаете... Впрочем, что я! конечно, приняла бы вас за сумасшедшего. Я ведь судила по себе. Сама-то я много знаю, как люди на свете живут!

- О, благодарю вас, - закричал я, - вы не знаете, что вы для меня теперь сделали!

- Хорошо, хорошо! Но скажите мне, почему вы узнали, что я такая женщина, с которой... ну, которую вы считали достойной... внимания и дружбы... одним словом, не хозяйка, как вы называете. Почему вы решились подойти ко мне?

- Почему? почему? Но вы были одни, тот господин был слишком смел, теперь ночь: согласитесь сами, что это обязанность...

- Нет, нет, еще прежде, там, на той стороне. Ведь вы хотели же подойти ко мне?

- Там, на той стороне? Но я, право, не знаю, как отвечать; я боюсь... Знаете ли, я сегодня был счастлив; я шел, пел; я был за городом; со мной еще никогда не бывало таких счастливых минут. Вы... мне, может быть, показалось... Ну, простите меня, если я напомню: мне показалось, что вы плакали, и я... я не мог слышать это... у меня стеснилось сердце... О, боже мой! Ну, да неужели же я не мог потосковать об вас?

Неужели же был грех почувствовать к вам братское сострадание?.. Извините, я сказал сострадание... Ну, да, одним словом, неужели я мог вас обидеть тем, что невольно вздумалось мне к вам подойти?..

- Оставьте, довольно, не говорите... - сказала девушка, потупившись и сжав мою руку. - Я сама виновата, что заговорила об этом; но я рада, что не ошиблась в вас... но вот уже я дома; мне нужно сюда, в переулок; тут два шага... Прощайте, благодарю вас...

- Так неужели же, неужели мы больше никогда не увидимся?.. Неужели это так и останется?

- Видите ли, - сказала, смеясь, девушка, - вы хотели сначала только двух слов, а теперь... Но, впрочем, я вам ничего не скажу... Может быть, встретимся...

- Я приду сюда завтра, - сказал я. - О, простите меня, я уже требую...

- Да, вы нетерпеливы... вы почти требуете...

- Послушайте, послушайте! - прервал я ее. - Простите, если я вам скажу опять что-нибудь такое... Но вот что: я не могу не прийти сюда завтра. Я мечтатель; у меня так мало действительной жизни, что я такие минуты, как эту, как теперь, считаю так редко, что не могу не повторять этих минут в мечтаньях. Я промечтаю об вас целую ночь, целую неделю, весь год. Я непременно приду сюда завтра, именно сюда, на это же место, именно в этот час, и буду счастлив, припоминая вчерашнее. Уж это место мне мило. У меня уже есть такие два-три места в Петербурге. Я даже один раз заплакал от воспоминанья, как вы... Почем знать, может быть, и вы, тому назад десять минут, плакали от воспоминанья... Но простите меня, я опять забылся; вы, может быть, когда-нибудь были здесь особенно счастливы...

- Хорошо, - сказала девушка, - я, пожалуй, приду сюда завтра, тоже в десять часов. Вижу, что я уже не могу вам запретить... Вот в чем дело, мне нужно быть здесь; не подумайте, чтоб я вам назначала свидание; я предупреждаю вас, мне нужно быть здесь для себя. Но вот... ну, уж я вам прямо скажу: это будет ничего, если и вы придете; во-первых, могут быть опять неприятности, как сегодня, но это в сторону... одним словом, мне просто хотелось бы вас видеть... чтоб сказать вам два слова. Только, видите ли, вы не осудите меня теперь? не подумайте, что я так легко назначаю свидания... Я бы и назначила, если б... Но пусть это будет моя тайна! Только вперед уговор...

- Уговор! говорите, скажите, скажите все заранее; я на все согласен, на все готов,

- вскричал я в восторге, - я отвечаю за себя - буду послушен, почтителен... вы меня знаете...

- Именно оттого, что знаю вас, и приглашаю вас завтра, - сказала, смеясь, девушка. - Я вас совершенно знаю. Но, смотрите, приходите с условием; во-первых (только будьте добры, исполните, что я попрошу, - видите ли, я говорю откровенно), не влюбляйтесь в меня... Это нельзя, уверяю вас. На дружбу я готова, вот вам рука моя... А влюбиться нельзя, прошу вас!

- Клянусь вам, - закричал я, схватив ее ручку...

- Полноте, не клянитесь, я ведь знаю, вы способны вспыхнуть как порох. Не осуждайте меня, если я так говорю. Если б вы знали... У меня тоже никого нет, с кем бы мне можно было слово сказать, у кого бы совета спросить. Конечно, не на улице же искать советников, да вы исключение. Я вас так знаю, как будто уже мы двадцать лет были друзьями... Не правда ли, вы не измените?

- Увидите... только я не знаю, как уж я доживу хотя сутки.

- Спите покрепче; доброй ночи - и помните, что я вам уже вверилась. Но вы так хорошо воскликнули давеча: неужели ж давать отчет в каждом чувстве, даже в братском сочувствии! Знаете ли, это было так хорошо сказано, что у меня тотчас же мелькнула мысль довериться вам...

- Ради бога, но в чем? что?

- До завтра. Пусть это будет покамест тайной. Тем лучше для вас; хоть издали будет на роман похоже. Может быть, я вам завтра же скажу, а может быть, нет... Я еще с вами наперед поговорю мы познакомимся лучше...

- О, да я вам завтра же все расскажу про себя! Но что это? точно чудо со мной совершается... Где я, боже мой? Ну, скажите, неужели вы недовольны тем, что не рассердились, как бы сделала другая, не отогнали меня в самом начале? Две минуты, и вы сделали меня навсегда счастливым. Да! счастливым; почем знать, может быть, вы меня с собой помирили, разрешили мои сомнения... Может быть, на меня находят такие минуты... Ну, да я вам завтра все расскажу, вы все узнаете, все...

- Хорошо, принимаю; вы и начнете...

- Согласен.

- До свиданья!

- До свиданья!

И мы расстались. Я ходил всю ночь; я не мог решиться воротиться домой. Я был так счастлив... до завтра!

НОЧЬ ВТОРАЯ

- Ну, вот и дожили! - сказала она мне, смеясь и пожимая мне обе руки.

- Я здесь уже два часа; вы не знаете, что было со мной целый день!

- Знаю, знаю... но к делу. Знаете, зачем я пришла? Ведь не вздор болтать, как вчера. Вот что: нам нужно вперед умней поступать. Я обо всем этом вчера долго думала.

- В чем же, в чем быть умнее? С моей стороны, я готов; но, право, в жизнь не случалось со мною ничего умнее, как теперь.

- В самом деле? Во-первых, прошу вас, не жмите так моих рук; во-вторых, объявляю вам, что я об вас сегодня долго раздумывала.

- Ну, и чем же кончилось?

- Чем кончилось? Кончилось тем, что нужно все снова начать, потому что в заключение всего я решила сегодня, что вы еще мне совсем неизвестны, что я вчера поступила как ребенок, как девочка, и, разумеется, вышло так, что всему виновато мое доброе сердце, то есть я похвалила себя, как и всегда кончается, когда мы начнем свое разбирать. И потому, чтоб поправить ошибку, я решила разузнать об вас самым подробнейшим образом. Но так как разузнавать о вас не у кого, то вы и должны мне сами все рассказать, всю подноготную. Ну, что вы за человек? Поскорее - начинайте же, рассказывайте свою историю.

- Историю! - закричал я, испугавшись, - историю! Но кто вам сказал, что у меня есть моя история? у меня нет истории...

- Так как же вы жили, коль нет истории? - перебила она, смеясь.

- Совершенно без всяких историй! так, жил, как у нас говорится, сам по себе, то есть один совершенно, - один, один вполне, - понимаете, что такое один?

- Да как один? То есть вы никого никогда не видали?

- О нет, видеть-то вижу, - а все-таки я один.

- Что же, вы разве не говорите ни с кем?

- В строгом смысле, ни с кем.

- Да кто же вы такой, объяснитесь! Постойте, я догадываюсь: у вас, верно, есть бабушка, как и у меня. Она слепая и вот уже целую жизнь меня никуда не пускает, так что я почти разучилась совсем говорить. А когда я нашалила тому назад года два, так она видит, что меня не удержишь, взяла призвала меня, да и пришпилила булавкой мое платье к своему - и так мы с тех пор и сидим по целым дням; она чулок вяжет, хоть и слепая; а я подле нее сиди, шей или книжку вслух ей читай - такой странный обычай, что вот уже два года пришпиленная...

- Ах, боже мой, какое несчастье! Да нет же, у меня нет такой бабушки.

- А коль нет, так как это вы можете дома сидеть?..

- Послушайте, вы хотите знать, кто я таков?

- Ну, да, да!

- В строгом смысле слова?

- В самом строгом смысле слова!

- Извольте, я - тип.

- Тип, тип! какой тип? - закричала девушка, захохотав так, как будто ей целый год не удавалось смеяться. - Да с вами превесело! Смотрите: вот здесь есть скамейка; сядем! Здесь никто не ходит, нас никто не услышит, и - начинайте же вашу историю! потому что, уж вы меня не уверите, у вас есть история, а вы только скрываетесь. Во-первых, что это такое тип?

- Тип? тип - это оригинал, это такой смешной человек! - отвечал я, сам расхохотавшись вслед за ее детским смехом. - Это такой характер. Слушайте: знаете вы, что такое мечтатель?

- Мечтатель? позвольте, да как не знать? я сама мечтатель! Иной раз сидишь подле бабушки и чего-чего в голову не войдет. Ну, вот и начнешь мечтать, да так раздумаешься - ну, просто за китайского принца выхожу... А ведь это в другой раз и хорошо - мечтать! Нет, впрочем, бог знает! Особенно если есть и без этого о чем думать, - прибавила девушка на этот раз довольно серьезно.

- Превосходно! Уж коли раз вы выходили за богдыхана китайского, так, стало быть, совершенно поймете меня. Ну, слушайте ... Но позвольте: ведь я еще не знаю, как вас зовут?

- Наконец-то! вот рано вспомнили!

- Ах, боже мой! да мне и на ум не пришло, мне было и так хорошо...

- Меня зовут - Настенька.

- Настенька! и только?

- Только! да неужели вам мало, ненасытный вы этакой!

- Мало ли? Много, много, напротив, очень много, Настенька, добренькая вы девушка, коли с первого разу вы для меня стали Настенькой!

- То-то же! ну!

- Ну, вот, Настенька, слушайте-ка, какая тут выходит смешная история.

Я уселся подле нее, принял педантски-серьезную позу и начал словно по-писаному:

- Есть, Настенька, если вы того не знаете, есть в Петербурге довольно странные уголки. В эти места как будто не заглядывает то же солнце, которое светит для всех петербургских людей, а заглядывает какое-то другое, новое, как будто нарочно заказанное для этих углов, и светит на все иным, особенным светом. В этих углах, милая Настенька, выживается как будто совсем другая жизнь, не похожая на ту, которая возле нас кипит, а такая, которая может быть в тридесятом неведомом царстве, а не у нас, в наше серьезное-пресерьезное время. Вот эта-то жизнь и есть смесь чего-то чисто фантастического, горячо-идеального и вместе с тем (увы, Настенька!) тускло-прозаичного и обыкновенного, чтоб не сказать: до невероятности пошлого.

- Фу! господи боже мой! какое предисловие! Что же это я такое услышу?

- Услышите вы, Настенька (мне кажется, я никогда не устану называть вас Настенькой), услышите вы, что в этих углах проживают странные люди - мечтатели.

Мечтатель - если нужно его подробное определение - не человек, а, знаете, какое-то существо среднего рода. Селится он большею частию где-нибудь в неприступном углу, как будто таится в нем даже от дневного света, и уж если заберется к себе, то так и прирастет к своему углу, как улитка, или, по крайней мере, он очень похож в этом отношении на то занимательное животное, которое и животное и дом вместе, которое называется черепахой. Как вы думаете, отчего он так любит свои четыре стены, выкрашенные непременно зеленою краскою, закоптелые, унылые и непозволительно обкуренные? Зачем этот смешной господин, когда его приходит навестить кто-нибудь из его редких знакомых (а кончает он тем, что знакомые у него все переводятся), зачем этот смешной человек встречает его, так сконфузившись, так изменившись в лице и в таком замешательстве, как будто он только что сделал в своих четырех стенах преступление, как будто он фабриковал фальшивые бумажки или какие-нибудь стишки для отсылки в журнал при анонимном письме, в котором обозначается, что настоящий поэт уже умер и что друг его считает священным долгом опубликовать его вирши? Отчего, скажите мне, Настенька, разговор так не вяжется у этих двух собеседников? отчего ни смех, ни какое-нибудь бойкое словцо не слетает с языка внезапно вошедшего и озадаченного приятеля, который в другом случае очень любит и смех, и бойкое словцо, и разговоры о прекрасном поле, и другие веселые темы? Отчего же, наконец, этот приятель, вероятно недавний знакомый, и при первом визите, - потому что второго в таком случае уже не будет и приятель другой раз не придет, - отчего сам приятель так конфузится, так костенеет, при всем своем остроумии (если только оно есть у него), глядя на опрокинутое лицо хозяина, который в свою очередь уже совсем успел потеряться и сбиться с последнего толка после исполинских, но тщетных усилий разгладить и упестрить разговор, показать и со своей стороны знание светскости, тоже заговорить о прекрасном поле и хоть такою покорностию понравится бедному, не туда попавшему человеку, который ошибкою пришел к нему в гости? Отчего, наконец, гость вдруг хватается за шляпу и быстро уходит, внезапно вспомнив о самонужнейшем деле, которого никогда не бывало, и кое-как высвобождает свою руку из жарких пожатий хозяина, всячески старающегося показать свое раскаяние и поправить потерянное? Отчего уходящий приятель хохочет, выйдя за дверь, тут же дает самому себе слово никогда не приходить к этому чудаку, хотя этот чудак в сущности и превосходнейший малый, и в то же время никак не может отказать своему воображению в маленькой прихоти: сравнить, хоть отдаленным образом, физиономию своего недавнего собеседника во все время свидания с видом того несчастного котеночка, которого измяли, застращали и всячески обидели дети, вероломно захватив его в плен, сконфузили в прах, который забился наконец от них под стул, в темноту, и там целый час на досуге принужден ощетиниваться, отфыркиваться и мыть свое обиженное рыльце обеими лапами и долго еще после того враждебно взирать на природу и жизнь и даже на подачку с господского обеда, припасенную для него сострадательною ключницею?

- Послушайте, - перебила Настенька, которая все время слушала меня в удивлении, открыв глаза и ротик, - послушайте: я совершенно не знаю, отчего все это произошло и почему именно вы мне предлагаете такие смешные вопросы; но что я знаю наверное, так то, что все эти приключения случились непременно с вами, от слова до слова.

- Без сомнения, - отвечал я с самою серьезной миной.

- Ну, коли без сомнения, так продолжайте, - ответила Настенька, - потому что мне очень хочется знать, чем это кончится.

- Вы хотите знать, Настенька, что такое делал в своем углу наш герой, или, лучше сказать, я, потому что герой всего дела - я, своей собственной скромной особой; вы хотите знать, отчего я так переполошился и потерялся на целый день от неожиданного визита приятеля? Вы хотите знать, отчего я так вспорхнулся, так покраснел, когда отворили дверь в мою комнату, почему я не умел принять гостя и так постыдно погиб под тяжестью собственного гостеприимства?

- Ну да, да! - отвечала Настенька, - в этом и дело. Послушайте: вы прекрасно рассказываете, но нельзя ли рассказывать как-нибудь не так прекрасно? А то вы говорите, точно книгу читаете.

- Настенька! - отвечал я важным и строгим голосом, едва удерживаясь от смеха, - милая Настенька, я знаю, что я рассказываю прекрасно, но - виноват, иначе я рассказывать не умею. Теперь, милая Настенька, теперь я похож на дух царя Соломона, который был тысячу лет в кубышке, под семью печатями, и с которого наконец сняли все эти семь печатей. Теперь, милая Настенька, когда мы сошлись опять после такой долгой разлуки, - потому что я вас давно уже знал, Настенька, потому что я уже давно кого-то искал, а это знак, что я искал именно вас и что нам было суждено теперь свидеться, - теперь в моей голове открылись тысячи клапанов, и я должен пролиться рекою слов, не то я задохнусь.

Итак, прошу не перебивать меня, Настенька, а слушать покорно и послушно; иначе - я замолчу.

- Ни-ни-ни! никак! говорите! Теперь я не скажу ни слова:

- Продолжаю: есть, друг мой Настенька, в моем дне один час, который я чрезвычайно люблю. Это тот самый час, когда кончаются почти всякие дела, должности и обязательства и все спешат по домам пообедать, прилечь отдохнуть и тут же, в дороге, изобретают и другие веселые темы, касающиеся вечера, ночи и всего остающегося свободного времени. В этот час и наш герой, - потому что уж позвольте мне, Настенька, рассказывать в третьем лице, затем что в первом лице все это ужасно стыдно рассказывать, - итак, в этот час и наш герой, который тоже был не без дела, шагает за прочими. Но странное чувство удовольствия играет на его бледном, как будто несколько измятом лице. Неравнодушно смотрит он на вечернюю зарю, которая медленно гаснет на холодном петербургском небе. Когда я говорю - смотрит, так я лгу: он не смотрит, но созерцает как-то безотчетно, как будто усталый или занятый в то же время каким-нибудь другим, более интересным предметом, так что разве только мельком, почти невольно, может уделить время на все окружающее. Он доволен, потому что покончил до завтра с досадными для него *делами*, и рад, как школьник, которого выпустили с классной скамьи к любимым играм и шалостям. Посмотрите на него сбоку, Настенька: вы тотчас увидите, что радостное чувство уже счастливо подействовало на его слабые нервы и болезненно раздраженную фантазию. Вот он о чем-то задумался... Вы думаете, об обеде? о сегодняшнем вечере? На что' он так смотрит? На этого ли господина солидной наружности, который так картинно поклонился даме, прокатившейся мимо него на резвоногих конях в блестящей карете? Нет, Настенька, что' ему теперь до всей этой мелочи! Он теперь уже богат *своею особенною* жизнью; он как-то вдруг стал богатым, и прощальный луч потухающего солнца не напрасно так весело сверкнул перед ним и вызвал из согретого сердца целый рой впечатлений. Теперь он едва замечает ту дорогу, на которой прежде самая мелкая мелочь могла поразить его. Теперь "богиня фантазия" (если вы читали Жуковского, милая Настенька) уже заткала прихотливою рукою свою золотую основу и пошла развивать перед ним узоры небывалой, причудливой жизни - и, кто знает, может, перенесла его прихотливой рукою на седьмое хрустальное небо с превосходного гранитного тротуара, по которому он идет восвояси. Попробуйте остановить его теперь, спросите его вдруг: где он теперь стоит, по каким улицам шел? - он наверно бы ничего не припомнил, ни того, где ходил, ни того, где стоял теперь, и, покраснев с досады, непременно солгал бы что-нибудь для спасения приличий. Вот почему он так вздрогнул, чуть не закричал и с испугом огляделся кругом, когда одна очень почтенная старушка учтиво остановила его посреди тротуара и стала расспрашивать его о дороге, которую она потеряла. Нахмурясь с досады, шагает он дальше, едва замечая, что не один прохожий улыбнулся, на него глядя, и обратился ему вслед и что какая-нибудь маленькая девочка, боязливо уступившая ему дорогу, громко засмеялась, посмотрев во все глаза на его широкую созерцательную улыбку и жесты руками. Но все та же фантазия подхватила на своем игривом полете и старушку, и любопытных прохожих, и смеющуюся девочку, и мужичков, которые тут же вечеряют на своих барках, запрудивших Фонтанку (положим, в это время по ней проходил наш герой), заткала шаловливо всех и все в свою канву, как мух в паутину, и с новым приобретением чудак уже вошел к себе в отрадную норку, уже сел за обед, уже давно отобедал и очнулся только тогда, когда задумчивая и вечно печальная Матрена, которая ему прислуживает, уже все прибрала со стола и подала ему трубку, очнулся и с удивлением вспомнил, что он уже совсем пообедал, решительно проглядев, как это сделалось. В комнате потемнело; на душе его пусто и грустно; целое царство мечтаний рушилось вокруг него, рушилось без следа, без шума и треска, пронеслось, как сновидение, а он и сам не помнит, что ему грезилось. Но какое-то темное ощущение, от которого слегка заныла и волнуется грудь его, какое-то новое желание соблазнительно щекочет и раздражает его фантазию и незаметно сзывает целый рой новых призраков. В маленькой комнате царствует тишина; уединение и лень нежат воображение; оно воспламеняется слегка, слегка закипает, как вода в кофейнике старой Матрены, которая безмятежно возится рядом, в кухне, стряпая свой кухарочный кофе. Вот оно уже слегка прорывается вспышками, вот уже и книга, взятая без цели и наудачу, выпадает из рук моего мечтателя, не дошедшего и до третьей страницы. Воображение его снова настроено, возбуждено, и вдруг опять новый мир, новая, очаровательная жизнь блеснула перед ним в блестящей своей перспективе. Новый сон - новое счастие! Новый прием утонченного, сладострастного яда! О, что ему в нашей действительной жизни! На его подкупленный взгляд, мы с вами, Настенька, живем так лениво, медленно, вяло; на его взгляд, мы все так недовольны нашею судьбою, так томимся нашею жизнью! Да и вправду, смотрите, в самом деле, как на первый взгляд все между нами холодно, угрюмо, точно сердито... "Бедные!" - думает мой мечтатель. Да и не диво, что думает! Посмотрите на эти волшебные призраки, которые так очаровательно, так прихотливо, так безбрежно и широко слагаются перед ним в такой волшебной, одушевленной картине, где на первом плане, первым лицом, уж конечно, он сам, наш мечтатель, своею дорогою особою. Посмотрите, какие разнообразные приключения, какой бесконечный рой восторженных грез. Вы спросите, может быть, о чем он мечтает? К чему это спрашивать! да обо всем... об роли поэта, сначала не признанного, а потом увенчанного; о дружбе с Гофманом; Варфоломеевская ночь, Диана Вернон, геройская роль при взятии Казани Иваном Васильевичем, Клара Мовбрай, Евфия Денс, собор прелатов и Гус перед ними, восстание мертвецов в Роберте (помните музыку? кладбищем пахнет!), Минна и Бренда, сражение при Березине, чтение поэмы у графини В-й-Д-й, Дантон, Клеопатра ei suoi amanti, домик в Коломне, свой уголок, а подле милое создание, которое слушает вас в зимний вечер, раскрыв ротик и глазки, как слушаете вы теперь меня, мой маленький ангельчик... Нет, Настенька, что ему, что ему, сладострастному ленивцу, в той жизни, в которую нам так хочется с вами? он думает, что это бедная, жалкая жизнь, не предугадывая, что и для него, может быть, когда-нибудь пробьет грустный час, когда он за один день этой жалкой жизни отдаст все свои фантастические годы, и еще не за радость, не за счастие отдаст, и выбирать не захочет в тот час грусти, раскаяния и невозбранного горя. Но покамест еще не настало оно, это грозное время, - он ничего не желает, потому что он выше желаний, потому что с ним все, потому что он пресыщен, потому что он сам художник своей жизни и творит ее себе каждый час по новому произволу. И ведь так легко, так натурально создается этот сказочный, фантастический мир! Как будто и впрямь все это не призрак! Право, верить готов в иную минуту, что вся эта жизнь не возбуждения чувства, не мираж, не обман воображения, а что это и впрямь действительное, настоящее, сущее! Отчего ж, скажите, Настенька, отчего же в такие минуты стесняется дух? отчего же каким-то волшебством, по какому-то неведомому произволу ускоряется пульс, брызжут слезы из глаз мечтателя, горят его бледные, увлаженные щеки и такой неотразимой отрадой наполняется все существование его? Отчего же целые бессонные ночи проходят как один миг, в неистощимом веселии и счастии, и когда заря блеснет розовым лучом в окна и рассвет осветит угрюмую комнату своим сомнительным фантастическим светом, как у нас, в Петербурге, наш мечтатель, утомленный, измученный, бросается на постель и засыпает в замираниях от восторга своего болезненно-потрясенного духа и с такою томительно-сладкою болью в сердце? Да, Настенька, обманешься и невольно вчуже поверишь, что страсть настоящая, истинная волнует душу его, невольно поверишь, что есть живое, осязаемое в его бесплотных грезах! И ведь какой обман - вот, например, любовь сошла в его грудь со всею неистощимою радостью, со всеми томительными мучениями... Только взгляните на него и убедитесь! Верите ли вы, на него глядя, милая Настенька, что действительно он никогда не знал той, которую он так любил в своем исступленном мечтании? Неужели он только и видел ее в одних обольстительных призраках и только лишь снилась ему эта страсть? Неужели и впрямь не прошли они рука в руку столько годов своей жизни - одни, вдвоем, отбросив весь мир и соединив каждый свой мир, свою жизнь с жизнью друга? Неужели не она, в поздний час, когда настала разлука, не она лежала, рыдая и тоскуя, на груди его, не слыша бури, разыгравшейся под суровым небом, не слыша ветра, который срывал и уносил слезы с черных ресниц ее? Неужели все это была мечта - и этот сад, унылый, заброшенный и дикий, с дорожками, заросшими мхом, уединенный, угрюмый, где они так часто ходили вдвоем, надеялись, тосковали, любили, любили друг друга так долго, "так долго и нежно"! И этот странный, прадедовский дом, в котором жила она столько времени уединенно и грустно со старым, угрюмым мужем, вечно молчаливым и желчным, пугавшим их, робких, как детей, уныло и боязливо таивших друг от друга любовь свою? Как они мучились, как боялись они, как невинна, чиста была их любовь и как (уж разумеется, Настенька) злы были люди! И, боже мой, неужели не ее встретил он потом, далеко от берегов своей родины, под чужим небом, полуденным, жарким, в дивном вечном городе, в блеске бала, при громе музыки, в палаццо (непременно в палаццо), потонувшем в море огней, на этом балконе, увитом миртом и розами, где она, узнав его, так поспешно сняла свою маску и, прошептав: "Я свободна", задрожав, бросилась в его объятия, и вскрикнув от восторга, прижавшись друг к другу, они в один миг забыли и горе, и разлуку, и все мучения, и угрюмый дом, и старика, и мрачный сад в далекой родине, и скамейку, на которой, с последним страстным поцелуем, она вырывалась из занемевших в отчаянной муке объятий его... О, согласитесь, Настенька, что вспорхнешься, смутишься и покраснеешь, как школьник, только что запихавший в карман украденное из соседнего сада яблоко, когда какой-нибудь длинный, здоровый парень, весельчак и балагур, ваш незваный приятель, отворит вашу дверь и крикнет, как будто ничего не бывало: "А я, брат, сию минуту из Павловска!" Боже мой! старый граф умер, настает неизреченное счастие, - тут люди приезжают из Павловска!

Я патетически замолчал, кончив мои патетические возгласы. Помню, что мне ужасно хотелось как-нибудь через силу захохотать, потому что я уже чувствовал, что во мне зашевелился какой-то враждебный бесенок, что мне уже начинало захватывать горло, подергивать подбородок и что все более и более влажнели глаза мои... Я ожидал, что Настенька, которая слушала меня, открыв свои умные глазки, захохочет всем своим детским, неудержимо веселым смехом, и уже раскаивался, что зашел далеко, что напрасно рассказал то, что уже давно накипело в моем сердце, о чем я мог говорить как по-писаному, потому что уже давно приготовил я над самим собой приговор, и теперь не удержался, чтоб не прочесть его, признаться, не ожидая, что меня поймут; но, к удивлению моему, она промолчала, погодя немного слегка пожала мне руку и с каким-то робким участием спросила:

- Неужели и в самом деле вы так прожили всю свою жизнь?

- Всю жизнь, Настенька, - отвечал я, - всю жизнь, и, кажется, так и окончу!

- Нет, этого нельзя, - сказала она беспокойно, - этого не будет; этак, пожалуй, и я проживу всю жизнь подле бабушки. Послушайте, знаете ли, что это вовсе нехорошо так жить?

- Знаю, Настенька, знаю! - вскричал я, не удерживая более своего чувства. - И теперь знаю больше, чем когда-нибудь, что я даром потерял все свои лучшие годы! Теперь это я знаю, и чувствую больнее от такого сознания, потому что сам бог послал мне вас, моего доброго ангела, чтоб сказать мне это и доказать. Теперь, когда я сижу подле вас и говорю с вами, мне уж и страшно подумать о будущем, потому что в будущем - опять одиночество, опять эта затхлая, ненужная жизнь; и о чем мечтать будет мне, когда я уже наяву подле вас был так счастлив! О, будьте благословенны, вы, милая девушка, за то, что не отвергли меня с первого раза, за то, что уже я могу сказать, что я жил хоть два вечера в моей жизни!

- Ох, нет, нет! - закричала Настенька, и слезинки заблистали на глазах ее, - нет, так не будет больше; мы так не расстанемся! Что такое два вечера!

- Ох, Настенька, Настенька! знаете ли, как надолго вы помирили меня с самим собою? знаете ли, что уже я теперь не буду о себе думать так худо, как думал в иные минуты? Знаете ли, что уже я, может быть, не буду более тосковать о том, что сделал преступление и грех в моей жизни, потому что такая жизнь есть преступление и грех? И не думайте, чтоб я вам преувеличивал что-нибудь, ради бога, не думайте этого, Настенька, потому что на меня иногда находят минуты такой тоски, такой тоски... Потому что мне уже начинает казаться в эти минуты, что я никогда не способен начать жить настоящею жизнию; потому что мне уже казалось, что я потерял всякий такт, всякое чутье в настоящем, действительном; потому что, наконец, я проклинал сам себя; потому что после моих фантастических ночей на меня уже находят минуты отрезвления, которые ужасны! Между тем слышишь, как кругом тебя гремит и кружится в жизненном вихре людская толпа, слышишь, видишь, как живут люди, - живут наяву, видишь, что жизнь для них не заказана, что их жизнь не разлетится, как сон, как видение, что их жизнь вечно обновляющаяся, вечно юная и ни один час ее не похож на другой, тогда как уныла и до пошлости однообразна пугливая фантазия, раба тени, идеи, раба первого облака, которое внезапно застелет солнце и сожмет тоскою настоящее петербургское сердце, которое так дорожит своим солнцем, - а уж в тоске какая фантазия! Чувствуешь, что она наконец устает, истощается в вечном напряжении, эта *неистощимая* фантазия, потому что ведь мужаешь, выживаешь из прежних своих идеалов: они разбиваются в пыль, в обломки; если ж нет другой жизни, так приходится строить ее из этих же обломков. А между тем чего-то другого просит и хочет душа! И напрасно мечтатель роется, как в золе, в своих старых мечтаниях, ища в этой золе хоть какой-нибудь искорки, чтоб раздуть ее, возобновленным огнем пригреть похолодевшее сердце и воскресить в нем снова все, что было прежде так мило, что трогало душу, что кипятило кровь, что вырывало слезы из глаз и так роскошно обманывало! Знаете ли, Настенька, до чего я дошел? знаете ли, что я уже принужден справлять годовщину своих ощущений, годовщину того, что было прежде так мило, чего в сущности никогда не бывало, - потому что эта годовщина справляется все по тем же глупым, бесплотным мечтаниям, - и делать это, потому что и этих-то глупых мечтаний нет, затем, что нечем их выжить: ведь и мечты выживаются! Знаете ли, что я люблю теперь припомнить и посетить в известный срок те места, где был счастлив когда-то по-своему, люблю построить свое настоящее под лад уже безвозвратно прошедшему и часто брожу как тень, без нужды и без цели, уныло и грустно по петербургским закоулкам и улицам. Какие все воспоминания! Припоминается, например, что вот здесь ровно год тому назад, ровно в это же время, в этот же час, по этому же тротуару бродил так же одиноко, так же уныло, как и теперь! И припоминаешь, что и тогда мечты были грустны, и хоть и прежде было не лучше, но все как-то чувствуешь, что как будто и легче, и покойнее было жить, что не было этой черной думы, которая теперь привязалась ко мне; что не было этих угрызений совести, угрызений мрачных, угрюмых, которые ни днем, ни ночью теперь не дают покоя. И спрашиваешь себя: где же мечты твои? и покачиваешь головою, говоришь: как быстро летят годы! И опять спрашиваешь себя: что же ты сделал со своими годами? куда ты схоронил свое лучшее время? Ты жил или нет? Смотри, говоришь себе, смотри, как на свете становится холодно. Еще пройдут годы, и за ними придет угрюмое одиночество, придет с клюкой трясучая старость, а за ними тоска и уныние. Побледнеет твой фантастический мир, замрут, утонут мечты твои и осыплются, как желтые листья с деревьев... О, Настенька! ведь грустно будет оставаться одному, одному совершенно, и даже не иметь чего пожалеть - ничего, ровно ничего... потому что все, что потерял-то, все это, все было ничто, глупый, круглый нуль, было одно лишь мечтанье!

- Ну, не разжалобливайте меня больше! - проговорила Настенька, утирая слезинку, которая выкатилась из глаз ее. - Теперь кончено! Теперь мы будем вдвоем; теперь, что ни случись со мной, уж мы никогда не расстанемся. Послушайте. Я простая девушка, я мало училась, хотя мне бабушка и нанимала учителя; но, право, я вас понимаю, потому что все, что вы мне пересказали теперь, я уж сама прожила, когда бабушка меня пришпилила к платью. Конечно, я бы так не рассказала хорошо, как вы рассказали, я не училась, - робко прибавила она, потому что все еще чувствовала какое-то уважение к моей патетической речи и к моему высокому слогу, - но я очень рада, что вы совершенно открылись мне. Теперь я вас знаю, совсем, всего знаю. И знаете что? я вам хочу рассказать и свою историю, всю без утайки, а вы мне после за то дадите совет. Вы очень умный человек; обещаетесь ли вы, что вы дадите мне этот совет?

- Ах, Настенька, - отвечал я, - я хоть и никогда не был советником, и тем более умным советником, но теперь вижу, что если мы всегда будем так жить, то это будет как-то очень умно, и каждый друг другу надает премного умных советов! Ну, хорошенькая моя Настенька, какой же вам совет? Говорите мне прямо; я теперь так весел, счастлив, смел и умен, что за словом не полезу в карман.

- Нет, нет! - перебила Настенька, засмеявшись, - мне нужен не один умный совет, мне нужен совет сердечный, братский, так, как бы вы уже век свой любили меня!

- Идет, Настенька, идет! - закричал я в восторге, - и если б я уже двадцать лет вас любил, то все-таки не любил бы сильнее теперешнего!

- Руку вашу! - сказала Настенька.

- Вот она! - отвечал я, подавая ей руку.

- Итак, начнемте мою историю!

ИСТОРИЯ НАСТЕНЬКИ

- Половину истории вы уже знаете, то есть вы знаете, что у меня есть старая бабушка...

- Если другая половина так же недолга, как и эта... - перебил было я засмеявшись.

- Молчите и слушайте. Прежде всего уговор: не перебивать меня, а не то я, пожалуй, собьюсь. Ну, слушайте же смирно.

Есть у меня старая бабушка. Я к ней попала еще очень маленькой девочкой, потому что у меня умерли и мать и отец. Надо думать, что бабушка была прежде богаче, потому что и теперь вспоминает о лучших днях. Она же меня выучила по-французски и потом наняла мне учителя. Когда мне было пятнадцать лет (а теперь мне семнадцать), учиться мы кончили. Вот в это время я и нашалила; уж что я сделала - я вам не скажу; довольно того, что проступок был небольшой. Только бабушка подозвала меня к себе в одно утро и сказала, что так как она слепа, то за мной не усмотрит, взяла булавку и пришпилила мое платье к своему, да тут и сказала, что так мы будем всю жизнь сидеть, если, разумеется, я не сделаюсь лучше. Одним словом, в первое время отойти никак нельзя было: и работай, и читай, и учись - все подле бабушки. Я было попробовала схитрить один раз и уговорила сесть на мое место Феклу. Фекла - наша работница, она глуха. Фекла села вместо меня; бабушка в это время заснула в креслах, а я отправилась недалеко к подруге. Ну, худо и кончилось. Бабушка без меня проснулась и о чем-то спросила, думая, что я все еще сижу смирно на месте. Фекла-то видит, что бабушка спрашивает, а сама не слышит про что, думала, думала, что ей делать, отстегнула булавку да и пустилась бежать...

Тут Настенька остановилась и начала хохотать. Я засмеялся вместе с нею. Она тотчас же перестала.

- Послушайте, вы не смейтесь над бабушкой. Это я смеюсь, оттого что смешно... Что же делать, когда бабушка, право, такая, а только я ее все-таки немножко люблю. Ну, да тогда и досталось мне: тотчас меня опять посадили на место и уж ни-ни, шевельнуться было нельзя.

Ну-с, я вам еще позабыла сказать, что у нас, то есть у бабушкин свой дом, то есть маленький домик, всего три окна, совсем деревянный и такой же старый, как бабушка; а наверху мезонин; вот и переехал к нам в мезонин новый жилец...

- Стало быть, был и старый жилец? - заметил я мимоходом.

- Уж конечно, был, - отвечала Настенька, - и который умел молчать лучше вас. Правда, уж он едва языком ворочал. Это был старичок, сухой, немой, слепой, хромой, так что наконец ему стало нельзя жить на свете, он и умер; а затем и понадобился новый жилец, потому что нам без жильца жить нельзя: это с бабушкиным пенсионом почти весь наш доход. Новый жилец как нарочно был молодой человек, нездешний, заезжий. Так как он не торговался, то бабушка и пустила его, а потом и спрашивает "Что, Настенька, наш жилец молодой или нет?" Я солгать не хотела: "Так, говорю, бабушка, не то чтоб совсем молодой, а так, не старик". "Ну, и приятной наружности?" - спрашивает бабушка

Я опять лгать не хочу. "Да, приятной, говорю, наружности бабушка!" А бабушка говорит: "Ах! наказанье, наказанье! Я это внучка, тебе для того говорю, чтоб ты на него не засматривалась. Экой век какой! поди, такой мелкий жилец, а ведь тоже приятной наружности: не то в старину!"

А бабушке все бы в старину! И моложе-то она была в старину, и солнце-то было в старину теплее, и сливки в старину не так скоро кисли, - все в старину! Вот я сижу и молчу, а про себя думаю: что же это бабушка сама меня надоумливает, спрашивает, хорош ли, молод ли жилец? Да только так, только подумала, и тут же стала опять петли считать, чулок вязать, а потом совсем позабыла.

Вот раз поутру к нам и приходит жилец, спросить о том, что ему комнату обещали обоями оклеить. Слово за слово, бабушка же болтлива, и говорит: "Сходи, Настенька, ко мне в спальню, принеси счеты. Я тотчас же вскочила, вся, не знаю отчего, покраснела, да и позабыла, что сижу пришпиленная; нет, чтоб тихонько отшпилить, чтобы жилец не видал, - рванулась так, что бабушкино кресло поехало. Как я увидела, что жилец все теперь узнал про меня, покраснела, стала на месте как вкопанная да вдруг и заплакала, - так стыдно и горько стало в эту минуту, что хоть на свет не глядеть! Бабушка кричит: "Что ж ты стоишь?" - а я еще пуще... Жилец, как увидел, увидел, что мне его стыдно стало, откланялся и тотчас ушел!

С тех пор я, чуть шум в сенях, как мертвая. Вот, думаю, жилец идет, да потихоньку на всякий случай и отшпилю булавку. Только все был не он, не приходил. Прошло две недели; жилец и присылает сказать с Феклой, что у него книг много французских и что все хорошие книги, так что можно читать; так не хочет ли бабушка, чтоб я их ей почитала, чтоб не было скучно? Бабушка согласилась с благодарностью, только все спрашивала, нравственные книги или нет, потому что если книги безнравственные, так тебе, говорит, Настенька, читать никак нельзя, ты дурному научишься.

- А чему ж научусь, бабушка? Что там написано?

- А! говорит, описано в них, как молодые люди соблазняют благонравных девиц, как они, под предлогом того, что хотят их взять за себя, увозят их из дому родительского, как потом оставляют этих несчастных девиц на волю судьбы и они погибают самым плачевным образом. Я, - говорит бабушка, - много таких книжек читала, и все, говорит, так прекрасно описано, что ночь сидишь, тихонько читаешь. Так ты, говорит, Настенька, смотри, их не прочти. Каких это, говорит, он книг прислал?

- А все Вальтера Скотта романы, бабушка.

- Вальтера Скотта романы! А полно, нет ли тут каких-нибудь шашней? Посмотри-ка, не положил ли он в них какой-нибудь любовной записочки?

- Нет, говорю, бабушка, нет записки.

- Да ты под переплетом посмотри; они иногда в переплет запихают, разбойники!..

- Нет, бабушка, и под переплетом нет ничего.

- Ну, то-то же!

Вот мы и начали читать Вальтер-Скотта и в какой-нибудь месяц почти половину прочли. Потом он еще и еще присылал, Пушкина присылал, так что наконец я без книг и быть не могла и перестала думать, как бы выйти за китайского принца.

Так было дело, когда один раз мне случилось повстречаться с нашим жильцом на лестнице. Бабушка за чем-то послала меня. Он остановился, я покраснела, и он покраснел; однако засмеялся, поздоровался, о бабушкином здоровье спросил и говорит: "Что, вы книги прочли?" Я отвечала: "Прочла". "Что же, говорит, вам больше понравилось?" Я и говорю: "Ивангое да Пушкин больше всех понравились". На этот раз тем и кончилось.

Через неделю я ему опять попалась на лестнице. В этот раз бабушка не посылала, а мне самой надо было за чем-то. Был третий час, а жилец в это время домой приходил. „Здравствуйте!" - говорит. Я ему: "Здравствуйте!"

- А что, говорит, вам не скучно целый день сидеть вместе с бабушкой?

Как он это у меня спросил, я, уж не знаю отчего, покраснела, застыдилась, и опять мне стало обидно, видно оттого, что уж другие про это дело расспрашивать стали. Я уж было хотела не отвечать и уйти, да сил не было.

- Послушайте, говорит, вы добрая девушка! Извините, что я с вами так говорю, но, уверяю вас, я вам лучше бабушки вашей желаю добра. У вас подруг нет никаких, к которым бы можно было в гости пойти?

Я говорю, что никаких, что была одна, Машенька, да и та в Псков уехала.

- Послушайте, говорит, хотите со мною в театр поехать?

- В театр? как же бабушка-то?

- Да вы, говорит, тихонько от бабушки...

- Нет, говорю, я бабушку обманывать не хочу. Прощайте-с!

- Ну, прощайте, говорит, а сам ничего не сказал.

Только после обеда и приходит он к нам; сел, долго говорил с бабушкой, расспрашивал, что она, выезжает ли куда-нибудь, есть ли знакомые, - да вдруг и говорит: "А сегодня я было ложу взял в оперу; "Севильского цирюльника" дают, знакомые ехать хотели, да потом отказались, у меня и остался билет на руках".

- "Севильского цирюльника"! - закричала бабушка, - да это тот самый "Цирюльник", которого в старину давали?

- Да, говорит, это тот самый "Цирюльник", - да и взглянул на меня. А я уж все поняла, покраснела, и у меня сердце от ожидания запрыгало!

- Да как же, говорит бабушка, как не знать. Я сама в старину на домашнем театре Розину играла!

- Так не хотите ли ехать сегодня? - сказал жилец. - У меня билет пропадает же даром

- Да, пожалуй, поедем, говорит бабушка, отчего ж не поехать? А вот у меня Настенька в театре никогда не была

Боже мой, какая радость! Тотчас же мы собрались, снарядились и поехали. Бабушка хоть и слепа, а все-таки ей хотелось музыку слушать, да, кроме того, она старушка добрая: больше меня потешить хотела, сами-то мы никогда бы не собрались. Уж какое было впечатление от "Севильского цирюльника", я вам не скажу, только во весь этот вечер жилец наш так хорошо смотрел на меня, так хорошо говорил, что я тотчас увидела, что он меня хотел испытать поутру, предложив, чтоб я одна с ним поехала. Ну, радость какая! Спать я легла такая гордая, такая веселая, так сердце билось, что сделалась маленькая лихорадка и я всю ночь бредила о "Севильском цирюльнике"

Я думала, что после этого он все будет заходить чаше и чаще, - не тут-то было. Он почти совсем перестал. Так, один раз в месяц, бывало, зайдет, и то только с тем, чтоб в театр пригласить. Раза два мы опять потом съездили. Только уж этим я была совсем недовольна. Я видела, что ему просто жалко было меня за то, что я у бабушки в таком загоне, а больше-то и ничего. Дальше и дальше, и нашло на меня: и сидеть-то я не сижу, и читать-то я не читаю, и работать не работаю, иногда смеюсь и бабушке что-нибудь назло делаю, другой раз просто плачу. Наконец, я похудела и чуть было не стала больна. Оперный сезон прошел, и жилец к нам совсем перестал заходить; когда же мы встречались - все на той же лестнице, разумеется, - он так молча поклонится, так серьезно, как будто и говорить не хочет, и уж сойдет совсем на крыльцо, а я все еще стою на половине лестницы, красная как вишня, потому что у меня вся кровь начала бросаться в голову, когда я с ним повстречаюсь.

Теперь сейчас и конец. Ровно год тому, в мае месяце, жилец к нам приходит и говорит бабушке, что он выхлопотал здесь совсем свое дело и что должно ему опять уехать на год в Москву. Я, как услышала, побледнела и упала на стул как мертвая. Бабушка ничего не заметила, а он, объявив, что уезжает от нас, откланялся нам и ушел.

Что мне делать? Я думала-думала, тосковала-тосковала, да наконец и решилась. Завтра ему уезжать, а я порешила, что все кончу вечером, когда бабушка уйдет спать. Так и случилось. Я навязала в узелок все, что было платьев, сколько нужно белья, и с узелком в руках, ни жива ни мертва, пошла в мезонин к нашему жильцу. Думаю, я шла целый час по лестнице. Когда же отворила к нему дверь, он так и вскрикнул, на меня глядя. Он думал, что я привидение, и бросился мне воды подать, потому что я едва стояла на ногах. Сердце так билось, что в голове больно было, и разум мой помутился. Когда же я очнулась, то начала прямо тем, что положила свой узелок к нему на постель, сама села подле, закрылась руками и заплакала в три ручья. Он, кажется, мигом все понял и стоял передо мной бледный и так грустно глядел на меня, что во мне сердце надорвало.

- Послушайте, - начал он, - послушайте, Настенька, я ничего не могу; я человек бедный; у меня покамест нет ничего, даже места порядочного; как же мы будем жить, если б я и женился на вас?

Мы долго говорили, но я наконец пришла в исступление, сказала, что не могу жить у бабушки, что убегу от нее, что не хочу, чтоб меня булавкой пришпиливали, и что я, как он хочет, поеду с ним в Москву, потому что без него жить не могу. И стыд, и любовь, и гордость - все разом говорило во мне, и я чуть не в судорогах упала на постель. Я так боялась отказа!

Он несколько минут сидел молча, потом встал, подошел ко мне и взял меня за руку.

- Послушайте, моя добрая, моя милая Настенька! - начал он тоже сквозь слезы, - послушайте. Клянусь вам, что если когда-нибудь я буду в состоянии жениться, то непременно вы составите мое счастие; уверяю, теперь только одни вы можете составить мое счастье. Слушайте: я еду в Москву и пробуду там ровно год. Я надеюсь устроить дела свои. Когда ворочусь, и если вы меня не разлюбите, клянусь вам, мы будем счастливы. Теперь же невозможно, я не могу, я не вправе хоть что-нибудь обещать. Но, повторяю, если через год это не сделается, то хоть когда-нибудь непременно будет; разумеется - в том случае, если вы не предпочтете мне другого, потому что связывать вас каким-нибудь словом я не могу и не смею.

Вот что он сказал мне и назавтра уехал. Положено было сообща бабушке не говорить об этом ни слова. Так он захотел. Ну, вот теперь почти и кончена вся моя история. Прошел ровно год. Он приехал, он уж здесь целые три дня и, и...

- И что же? - закричал я в нетерпении услышать конец.

- И до сих пор не являлся! - отвечала Настенька, как будто собираясь с силами, - ни слуху ни духу...

Тут она остановилась, помолчала немного, опустила голову и вдруг, закрывшись руками, зарыдала так, что во мне сердце перевернулось от этих рыданий.

Я никак не ожидал подобной развязки.

- Настенька! - начал я робким и вкрадчивым голосом, - Настенька! ради бога, не плачьте! Почему вы знаете? может быть, его еще нет ...

- Здесь, здесь! - подхватила Настенька.- Он здесь, я это знаю. У нас было условие, тогда еще, В тот вечер, накануне отъезда: когда уже мы сказали все, что я вам пересказала, и условились, мы вышли сюда гулять, именно на эту набережную. Было десять часов; мы сидели на этой скамейке; я уже не плакала, мне было сладко слушать то, что он говорил... Он сказал, что тотчас же по приезде придет к нам и если я не откажусь от него, то мы скажем обо всем бабушке. Теперь он приехал, я это знаю, и его нет, нет!

И она снова ударилась в слезы.

- Боже мой! Да разве никак нельзя помочь горю? - закричал я, вскочив со скамейки в совершенном отчаянии. - Скажите,

Настенька, нельзя ли будет хоть мне сходить к нему?..

- Разве это возможно? - сказала она, вдруг подняв голову.

- Нет, разумеется, нет! - заметил я, спохватившись.- А вот что: напишите письмо.

- Нет, это невозможно, это нельзя! - отвечала она решительно, но уже потупив голову и не смотря на меня.

- Как нельзя? отчего ж нельзя? - продолжал я, ухватившись за свою идею. - Но, знаете, Настенька, какое письмо! Письмо письму рознь и... Ах, Настенька, это так! Вверьтесь мне, вверьтесь! Я вам не дам дурного совета. Все это можно устроить! Вы же начали первый шаг - отчего же теперь...

- Нельзя, нельзя! Тогда я как будто навязываюсь...

- Ах, добренькая моя Настенька! - перебил я, не скрывая улыбки, - нет же, нет; вы, наконец, вправе, потому что он вам обещал. Да и по всему я вижу, что он человек деликатный, что он поступил хорошо, - продолжал я, все более и более восторгаясь от логичности собственных доводов и убеждений, - он как поступил? Он себя связал обещанием. Он сказал, что ни на ком не женится, кроме вас, если только женится; вам же он оставил полную свободу хоть сейчас от него отказаться... В таком случае вы можете сделать первый шаг, вы имеете право, вы имеете перед ним преимущество, хотя бы, например, если б захотели развязать его от данного слова...

- Послушайте, вы как бы написали?
- Что?
- Да это письмо.
- Я бы вот как написал: "Милостивый государь..."
- Это так непременно нужно - милостивый государь?
- Непременно! Впрочем, отчего ж? я думаю...
- Ну, ну! дальше!
- "Милостивый государь!

Извините, что я..." Впрочем, нет, не нужно никаких извинений! Тут самый факт все оправдывает, пишите просто:

"Я пишу к вам. Простите мне мое нетерпение; но я целый год была счастлива надеждой; виновата ли я, что не могу теперь вынести и дня сомнения? Теперь, когда уже вы приехали, может быть, вы уже изменили свои намерения. Тогда это письмо скажет вам, что я не ропщу и не обвиняю вас. Я не обвиняю вас за то, что не властна над вашим сердцем; такова уж судьба моя!

Вы благородный человек. Вы не улыбнетесь и не подосадуете на мои нетерпеливые строки. Вспомните, что их пишет бедная девушка, что она одна, что некому ни научить ее, ни посоветовать ей и что она никогда не умела сама совладеть со своим сердцем. Но простите меня, что в мою душу хотя на один миг закралось сомнение. Вы не способны даже и мысленно обидеть ту, которая вас так любила и любит".

- Да, да! это точно так, как я думала! - закричала Настенька, и радость засияла в глазах ее. - О! вы разрешили мои сомнения, вас мне сам бог послал! Благодарю, благодарю вас!

- За что? за то, что меня бог послал? - отвечал я, глядя в восторге на ее радостное личико.

- Да, хоть за то.

- Ах, Настенька! Ведь благодарим же мы иных людей хоть за то, что они живут вместе с нами. Я благодарю вас за то, что вы мне встретились, за то, что целый век мой буду вас помнить!

- Ну, довольно, довольно! А теперь вот что, слушайте-ка: тогда было условие, что как только приедет он, так тотчас даст знать о себе тем, что оставит мне письмо в одном месте, у одних моих знакомых, добрых и простых людей, которые ничего об этом не знают; или если нельзя будет написать ко мне письма, затем что в письме не всегда все расскажешь, то он в тот же день, как приедет, будет сюда ровно в десять часов, где мы и положили с ним встретиться. О приезде его я уже знаю; но вот уже третий день нет ни письма, ни его. Уйти мне от бабушки поутру никак нельзя. Отдайте письмо мое завтра вы сами тем добрым людям, о которых я вам говорила: они уже перешлют; а если будет ответ, то сами вы принесете его вечером в десять часов.

- Но письмо, письмо! Ведь прежде нужно письмо написать! Так разве послезавтра все это будет.

- Письмо... - отвечала Настенька, немного смешавшись, - письмо... но...

Но она не договорила. Она сначала отвернула от меня свое личико, покраснела, как роза, и вдруг я почувствовал в моей руке письмо, по-видимому уже давно написанное, совсем приготовленное и запечатанное. Какое-то знакомое, милое, грациозное воспоминание пронеслось в моей голове!

- R, o - Ro, s, i - si, n, a - na, - начал я.

- Rosina! - запели мы оба, я, чуть не обнимая ее от восторга, она, покраснев, как только могла покраснеть, и смеясь сквозь слезы, которые, как жемчужинки, дрожали на ее черных ресницах.

- Ну, довольно, довольно! Прощайте теперь! - сказала она скороговоркой. - Вот вам письмо, вот и адрес, куда снести его. Прощайте! до свидания! до завтра!

Она крепко сжала мне обе руки, кивнула головой и мелькнула как стрела, в свой переулок. Я долго стоял на месте, провожая ее глазами.

"До завтра! до завтра!" - пронеслось в моей голове, когда она скрылась из глаз моих

НОЧЬ ТРЕТЬЯ

Сегодня был день печальный, дождливый, без просвета, точно будущая старость моя. Меня теснят такие странные мысли, такие темные ощущения, такие еще неясные для меня вопросы толпятся в моей голове, - а как-то нет ни силы, ни хотения их разрешить. Не мне разрешить все это!

Сегодня мы не увидимся. Вчера, когда мы прощались, облака стали заволакивать небо и подымался туман. Я сказал, что завтра будет дурной день; она не отвечала, она не хотела против себя говорить; для нее этот день и светел и ясен, и ни одна тучка не застелет ее счастия.

- Коли будет дождь, мы не увидимся! - сказала она. - Я не приду.

Я думал, что она и не заметила сегодняшнего дождя, а между тем не пришла.

Вчера было наше третье свиданье, наша третья белая ночь...

Однако, как радость и счастие делают человека прекрасным! как кипит сердце любовью! Кажется, хочешь излить все свое сердце в другое сердце, хочешь, чтоб все было весело, все смеялось. И как заразительна эта радость! Вчера в ее словах было столько неги, столько доброты ко мне в сердце... Как она ухаживала за мной, как ласкалась во мне, как ободряла и нежила мое сердце! О, сколько кокетства от счастия! А я... Я принимал все за чистую монету; я думал, что она...

Но, боже мой, как же мог я это думать? как же мог я быть так слеп, когда уже все взято другим, все не мое; когда, наконец, даже эта самая нежность ее, ее забота, ее любовь... да, любовь ко мне, - была не что иное, как радость о скором свидании с другим, желание навязать и мне свое счастие?.. Когда он не пришел, когда мы прождали напрасно, она же нахмурилась, она же заробела и струсила. Все движения ее, все слова ее уже стали не так легки, игривы и веселы. И, странное дело, - она удвоила ко мне свое внимание, как будто инстинктивно желая на меня излить то, чего сама желала себе, за что сама боялась; если б оно не сбылось. Моя Настенька так оробела, так перепугалась, что, кажется, поняла, наконец, что я люблю ее, и сжалилась над моей бедной любовью. Так, когда мы несчастны, мы сильнее чувствуем несчастие других; чувство не разбивается, а сосредоточивается...

Я пришел к ней с полным сердцем и едва дождался свидания. Я не предчувствовал того, что буду теперь ощущать, не предчувствовал, что все это не так кончится. Она сияла радостью, она ожидала ответа. Ответ был он сам. Он должен был прийти, прибежать на ее зов. Она пришла раньше меня целым часом. Сначала она всему хохотала, всякому слову моему смеялась. Я начал было говорить и умолк.

- Знаете ли, отчего я так рада? - сказала она, - так рада на вас смотреть? так люблю вас сегодня?

- Ну? - спросил я, и сердце мое задрожало.

- Я оттого люблю вас, что вы не влюбились в меня. Ведь вот иной, на вашем месте, стал бы беспокоить, приставать, разохался бы, разболелся, а вы такой милый!

Тут она так сжала мою руку, что я чуть не закричал. Она засмеялась.

- Боже! какой вы друг! - начала она через минуту очень серьезно. - Да вас бог мне послал! Ну, что бы со мной было, если б вас со мной теперь не было? Какой вы бескорыстный! Как хорошо вы меня любите! Когда я выйду замуж, мы будем очень дружны, больше чем как братья. Я буду вас любить почти так, как его...

Мне стало как-то ужасно грустно в это мгновение; однако ж что-то похожее на смех зашевелилось в душе моей.

- Вы в припадке, - сказал я, - вы трусите; вы думаете, что он не придет.

- Бог с вами! - отвечала она, - если б я была меньше счастлива, я бы, кажется, заплакала от вашего неверия, от ваших упреков. Впрочем, вы меня навели на мысль и задали мне долгую думу; но я подумаю после, а теперь признаюсь вам, что правду вы говорите. Да! я как-то сама не своя; я как-то вся в ожидании и чувствую все как-то слишком легко. Да полноте, оставим про чувства!..

В это время послышались шаги, и в темноте показался прохожий, который шел к нам навстречу. Мы оба задрожали; она чуть не вскрикнула. Я опустил ее руку и сделал жест, как будто хотел отойти. Но мы обманулись: это был не он.

- Чего вы боитесь? Зачем вы бросили мою руку? - сказала она, подавая мне ее опять. - Ну, что же? мы встретим его вместе. Я хочу, чтоб он видел, как мы любим друг друга.

- Как мы любим друг друга! - закричал я.

"О Настенька, Настенька! - подумал я, - как этим словом ты много сказала! От этакой любви, Настенька, в *иной* час холодеет на сердце и становится тяжело на душе. Твоя рука холодная, моя горячая как огонь. Какая слепая ты, Настенька!.. О! как несносен счастливый человек в иную минуту! Но я не мог на тебя рассердиться!..""

Наконец сердце мое переполнилось.

- Послушайте, Настенька! - закричал я, - знаете ли, что со мной было весь день?

- Ну что, что такое? рассказывайте скорее! Что ж вы до сих пор все молчали!

- Во-первых, Настенька, когда я исполнил все ваши комиссии, отдал письмо, был у ваших добрых людей, потом... потом я пришел домой и лег спать.

- Только-то? - перебила она засмеявшись.

- Да, почти только-то, - отвечал я скрепя сердце, потому что в глазах моих уже накипали глупые слезы. - Я проснулся за час до нашего свидания, но как будто и не спал. Не знаю, что было со мною. Я шел, чтоб вам это все рассказать, как будто время для меня остановилось, как будто одно ощущение, одно чувство должно было остаться с этого времени во мне навечно, как будто одна минута должна была продолжаться целую вечность и словно вся жизнь остановилась для меня... Когда я проснулся, мне казалось, что какой-то музыкальный мотив, давно знакомый, где-то прежде слышанный, забытый и сладостный, теперь вспоминался мне. Мне казалось, что он всю жизнь просился из души моей, и только теперь...

- Ах, боже мой, боже мой! - перебила Настенька, - как же это все так? Я не понимаю ни слова.

- Ах, Настенька! мне хотелось как-нибудь передать вам это странное впечатление... - начал я жалобным голосом, в котором скрывалась еще надежда, хотя весьма отдаленная.

- Полноте, перестаньте, полноте! - заговорила она, и в один миг она догадалась, плутовка!

Вдруг она сделалась как-то необыкновенно говорлива, весела, шаловлива. Она взяла меня под руку, смеялась, хотела, чтоб и я тоже смеялся, и каждое смущенное слово мое отзывалось в ней таким звонким, таким долгим смехом... Я начинал сердиться, она вдруг пустилась кокетничать.

- Послушайте, - начала она, - а ведь мне немножко досадно, что вы не влюбились в меня. Разберите-ка после этого человека! Но все-таки, господин непреклонный, вы не можете не похвалить меня за то, что я такая простая. Я вам все говорю, все говорю, какая бы глупость ни промелькнула у меня в голове.

- Слушайте! Это одиннадцать часов, кажется? - сказал я, когда мерный звук колокола загудел с отдаленной городской башни. Она вдруг остановилась, перестала смеяться и начала считать.

- Да, одиннадцать, - сказала она наконец робким, нерешительным голосом.

Я тотчас же раскаялся, что напугал ее, заставил считать часы, и проклял себя за припадок злости. Мне стало за нее грустно, и я не знал, как искупить свое прегрешение. Я начал ее утешать, выискивать причины его отсутствия, подводить разные доводы, доказательства. Никого нельзя было легче обмануть, как ее в эту минуту, да и всякий в эту минуту как-то радостно выслушивает хоть какое бы то ни было утешение и рад-рад, коли есть хоть тень оправдания.

- Да и смешное дело, - начал я, все более и более горячась и любуясь на необыкновенную ясность своих доказательств, - да и не мог он прийти; вы и меня обманули и завлекли, Настенька, так что я и времени счет потерял... Вы только подумайте: он едва мог получить письмо; положим, ему нельзя прийти, положим, он будет отвечать, так письмо придет не раньше как завтра. Я за ним завтра чем свет схожу и тотчас же дам знать. Предположите, наконец, тысячу вероятностей: ну, его не было дома, когда пришло письмо, и он, может быть, его и до сих пор не читал? Ведь все может случиться.

- Да, да! - отвечала Настенька, - я и не подумала; конечно, все может случиться, - продолжала она самым сговорчивым голосом, но в котором, как досадный диссонанс, слышалась какая-то другая, отдаленная мысль. - Вот что вы сделайте, - продолжала она, - вы идите завтра как можно раньше и, если получите что-нибудь, тотчас же дайте мне знать. Вы ведь знаете, где я живу? - И она начала повторять мне свой адрес.

Потом она вдруг стала так нежна, так робка со мною... Она, казалось, слушала внимательно, что я ей говорил; но когда я обратился к ней с каким-то вопросом, она смолчала, смешалась и отворотила от меня головку. Я заглянул ей в глаза - так и есть: она плакала.

- Ну, можно ли, можно ли? Ах, какое вы дитя! Какое ребячество!.. Полноте!

Она попробовала улыбнуться, успокоиться, но подбородок ее дрожал и грудь все еще колыхалась.

- Я думаю об вас, - сказала она мне после минутного молчания, - вы так добры, что я была бы каменная, если б не чувствовала этого. Знаете ли, что мне пришло теперь в голову? Я вас обоих сравнила. Зачем он - не вы? Зачем он не такой, как вы? Он хуже вас, хоть я и люблю его больше вас.

Я не отвечал ничего. Она, казалось, ждала, чтоб я сказал что-нибудь.

- Конечно, я, может быть, не совсем еще его понимаю, не совсем его знаю. Знаете, я как будто всегда боялась его; он всегда был такой серьезный, такой как будто гордый. Конечно, я знаю, что это он только смотрит так, что в сердце его больше, чем в моем, нежности... Я помню, как он посмотрел на меня тогда, как я, помните, пришла к нему с узелком; но все-таки я его как-то слишком уважаю, а ведь это как будто бы мы и неровня?

- Нет, Настенька, нет, - отвечал я, - это значит, что вы его больше всего на свете любите, и гораздо больше себя самой любите.

- Да, положим, что это так, - отвечала наивная Настенька,- но знаете ли, что мне пришло теперь в голову? Только я теперь не про него буду говорить, а так, вообще; мне уже давно все это приходило в голову. Послушайте, зачем мы все не так, как бы братья с братьями? Зачем самый лучший человек всегда как будто что-то таит от другого и молчит от него? Зачем прямо, сейчас, не сказать, что есть на сердце, коли знаешь, что не на ветер свое слово скажешь? А то всякий так смотрит, как будто он суровее, чем он есть на самом деле, как будто все боятся оскорбить свои чувства, коли очень скоро выкажут их...

- Ах, Настенька! правду вы говорите; да ведь это происходит от многих причин, - перебил я, сам более чем когда-нибудь в эту минуту стеснявший свои чувства.

- Нет, нет! - отвечала она с глубоким чувством. - Вот вы, например, не таков, как другие! Я, право, не знаю, как бы вам это рассказать, что я чувствую; но мне кажется, вы вот, например... хоть бы теперь... мне кажется, вы чем-то для меня жертвуете, - прибавила она робко, мельком взглянув на меня.- Вы меня простите, если я вам так говорю: я ведь простая девушка; я ведь мало еще видела на свете и, право, не умею иногда говорить, - прибавила она голосом, дрожащим от какого-то затаенного чувства, и стараясь между тем улыбнуться, - но мне только хотелось сказать вам, что я благодарна, что я тоже все это чувствую ... О, дай вам бог за это счастия! Вот то, что вы мне насказали тогда о вашем мечтателе, совершенно неправда, то есть, я хочу сказать, совсем до вас не касается. Вы выздоравливаете, вы, право, совсем другой человек, чем как сами себя описали. Если вы когда-нибудь полюбите, то дай вам бог счастия с нею! А ей я ничего не желаю, потому что она будет счастлива с вами. Я знаю, я сама женщина, и вы должны мне верить, если я вам так говорю...

Она замолкла и крепко пожала руку мне. Я тоже не мог ничего говорить от волнения. Прошло несколько минут.

- Да, видно, что он не придет сегодня! - сказала она наконец, подняв голову. - Поздно!..

- Он придет завтра, - сказал я самым уверительным и твердым голосом.

- Да, - прибавила она, развеселившись, - я сама теперь вижу, что он придет только завтра. Ну, так до свиданья! до завтра! Если будет дождь, я, может быть, не приду. Но послезавтра я приду, непременно приду, что бы со мной ни было; будьте здесь непременно; я хочу вас видеть, я вам все расскажу.

И потом, когда мы прощались, она подала мне руку и сказала, ясно взглянув на меня:

- Ведь мы теперь навсегда вместе, не правда ли?

О! Настенька, Настенька! Если б ты знала, в каком я теперь одиночестве!

Когда пробило девять часов, я не мог усидеть в комнате, оделся и вышел, несмотря на ненастное время. Я был там, сидел на нашей скамейке. Я было пошел в их переулок, но мне стало стыдно, и я воротился, не взглянув на их окна, не дойдя двух шагов до их дома. Я пришел домой в такой тоске, в какой никогда не бывал. Какое сырое, скучное время! Если б была хорошая погода, я бы прогулял там всю ночь...

Но до завтра, до завтра! Завтра она мне все расскажет.

Однако письма сегодня не было. Но, впрочем, так и должно было быть. Они уже вместе...

НОЧЬ ЧЕТВЕРТАЯ

Боже, как все это кончилось! Чем все это кончилось!

Я пришел в девять часов. Она была уже там. Я еще издали заметил ее; она стояла, как тогда, в первый раз, облокотясь на перила набережной, и не слыхала, как я подошел к ней.

- Настенька! - окликнул я ее, через силу подавляя свое волнение.

Она быстро обернулась ко мне.

- Ну! - сказала она, - ну! поскорее!

Я смотрел на нее в недоумении.

- Ну, где же письмо? Вы принесли письмо? - повторила она, схватившись рукой за перила.

- Нет, у меня нет письма, - сказал я наконец, - разве он еще не был?

Она страшно побледнела и долгое время смотрела на меня неподвижно. Я разбил последнюю ее надежду.

- Ну, бог с ним! - проговорила она наконец прерывающимся голосом, - бог с ним, - если он так оставляет меня.

Она опустила глаза, потом хотела взглянуть на меня, но не могла. Еще несколько минут она пересиливала свое волнение, но вдруг отворотилась, облокотясь на балюстраду набережной, и залилась слезами.

— Полноте, полноте! — заговорил было я, но у меня сил недостало продолжать, на нее глядя, да и что бы я стал говорить?

— Не утешайте меня, — говорила она плача, — не говорите про него, не говорите, что он придет, что он не бросил меня так жестоко, так бесчеловечно, как он это сделал. За что, за что? Неужели что-нибудь было в моем письме, в этом несчастном письме?..

Тут рыдания пресекли ее голос; у меня сердце разрывалось, на нее глядя.

— О, как это бесчеловечно-жестоко! — начала она снова. — И ни строчки, ни строчки! Хоть бы отвечал, что я не нужна ему, что он отвергает меня; а то ни одной строчки в целые три дня! Как легко ему оскорбить, обидеть бедную, беззащитную девушку, которая тем и виновата, что любит его! О, сколько я вытерпела в эти три дня! Боже мой! Боже мой! Как вспомню, что я пришла к нему в первый раз сама, что я перед ним унижалась, плакала, что я вымаливала у него хоть каплю любви... И после этого!.. Послушайте, — заговорила она, обращаясь ко мне, и черные глазки ее засверкали, — да это не так! Это не может быть так; это ненатурально! Или вы, или я обманулись; может быть, он письма не получал? Может быть, он до сих пор ничего не знает? Как же можно, судите сами, скажите мне, ради бога, объясните мне, - я этого не могу понять, - как можно так варварски-грубо поступить, как он поступил со мною! Ни одного слова! Но к последнему человеку на свете бывают сострадательнее. Может быть, он что-нибудь слышал, может быть, кто-нибудь ему насказал обо мне? - закричала она, обратившись ко мне с вопросом. - Как вы думаете?

- Слушайте, Настенька, я пойду завтра к нему от вашего имени.

- Ну!

- Я спрошу его обо всем, расскажу ему все.

- Ну, ну!

- Вы напишете письмо. Не говорите нет, Настенька, не говорите нет! Я заставлю его уважать ваш поступок, он все узнает и если...

- Нет, мой друг, нет, - перебила она. - Довольно! Больше ни слова, ни одного слова от меня, ни строчки - довольно! Я его не знаю, я не люблю его больше, я его по...за...буду...

Она не договорила.

- Успокойтесь, успокойтесь! Сядьте здесь, Настенька, - сказал я, усаживая ее на скамейку.

- Да я спокойна. Полноте! Это так! Это слезы, это просохнет! Что вы думаете, что я сгублю себя, что я утоплюсь?..

Сердце мое было полно; я хотел было заговорить, но не мог.

- Слушайте! - продолжала она, взяв меня за руку, - скажите: вы бы не так поступили? вы бы не бросили той, которая бы сама к вам пришла, вы бы не бросили ей в глаза бесстыдной насмешки над ее слабым, глупым сердцем? Вы поберегли бы ее? Вы бы представили себе, что она была одна, что она не умела усмотреть за собой, что она не умела себя уберечь от любви к вам, что она не виновата, что она, наконец, не виновата... что она ничего не сделала!.. О, боже мой, боже мой!..

- Настенька! - закричал я наконец, не будучи в силах преодолеть свое волнение, - Настенька! вы терзаете меня! Вы язвите сердце мое, вы убиваете меня, Настенька! Я не могу молчать! Я должен наконец говорить, высказать, что у меня накипело тут, в сердце...

Говоря это, я привстал со скамейки. Она взяла меня за руку и смотрела на меня в удивлении.

— Что с вами? — проговорила она наконец.

— Слушайте! — сказал я решительно. — Слушайте меня, Настенька! Что я буду теперь говорить, все вздор, все несбыточно, все глупо! Я знаю, что этого никогда не может случиться, но не могу же я молчать. Именем того, чем вы теперь страдаете, заранее молю вас, простите меня!..

— Ну, что, что? — говорила она, перестав плакать и пристально смотря на меня, тогда как странное любопытство блистало в ее удивленных глазках, — что с вами?

— Это несбыточно, но я вас люблю, Настенька! вот что! Ну, теперь все сказано! — сказал я, махнув рукой. — Теперь вы увидите, можете ли вы так говорить со мной, как сейчас говорили, можете ли вы, наконец, слушать то, что я буду вам говорить...

— Ну, что ж, что же? — перебила Настенька, — что ж из этого? Ну, я давно знала, что вы меня любите, но только мне все казалось, что вы меня так, просто, как-нибудь любите... Ах, боже мой, боже мой!

— Сначала было просто, Настенька, а теперь, теперь... я точно так же, как вы, когда вы пришли к нему тогда с вашим узелком. Хуже, чем как вы, Настенька, потому что он тогда никого не любил, а вы любите.

- Что это вы мне говорите! Я, наконец, вас совсем не понимаю. Но послушайте, зачем же это, то есть не зачем, а почему же это вы так, и так вдруг... Боже! я говорю глупости! Но вы...

И Настенька совершенно смешалась. Щеки ее вспыхнули; она опустила глаза.

- Что ж делать, Настенька, что ж мне делать? я виноват, я употребил во зло... Но нет же, нет, не виноват я, Настенька; я это слышу, чувствую, потому что мое сердце мне говорит, что я прав, потому что я вас ничем не могу обидеть, ничем оскорбить! Я был друг ваш; ну, вот я и теперь друг; я ничему не изменял. Вот у меня теперь слезы текут, Настенька. Пусть их текут, пусть текут - они никому не мешают. Они высохнут, Настенька...

- Да сядьте же, сядьте, - сказала она, сажая меня на скамейку, - ох, боже мой!

- Нет! Настенька, я не сяду; я уже более не могу быть здесь, вы уже меня более не можете видеть; я все скажу и уйду. Я только хочу сказать, что вы бы никогда не узнали, что я вас люблю. Я бы сохранил свою тайну. Я бы не стал вас терзать теперь, в эту минуту, моим эгоизмом. Нет! но я не мог теперь вытерпеть; вы сами заговорили об этом, вы виноваты.. вы во всем виноваты, а я не виноват. Вы не можете прогнать меня от себя...

- Да нет же, нет, я не отгоняю вас, нет! - говорила Настенька, скрывая, как только могла, свое смущение, бедненькая.

- Вы меня не гоните? нет! а я было сам хотел бежать от вас. Я и уйду, только я все скажу сначала, потому что, когда вы здесь говорили, я не мог усидеть, когда вы здесь плакали, когда вы терзались оттого, ну, оттого (уж я назову это, Настенька), оттого, что вас отвергают, оттого, что оттолкнули вашу любовь, я почувствовал, я услышал, что в моем сердце столько любви для вас, Настенька, столько любви!.. И мне стало так горько, что я не могу помочь вам этой любовью... что сердце разорвалось, и я, я - не мог молчать, я должен был говорить, Настенька, я должен был говорить!..

- Да, да! говорите мне, говорите со мною так! - сказала Настенька с неизъяснимым движением. - Вам, может быть, странно, что я с вами так говорю, но... говорите! я вам после скажу! я вам все расскажу!

- Вам жаль меня, Настенька; вам просто жаль меня, дружочек мой! Уж что пропало, то пропало! уж что сказано, того не воротишь! Не так ли? Ну, так вы теперь знаете все. Ну, вот это точка отправления. Ну, хорошо! теперь все это прекрасно; только послушайте. Когда вы сидели и плакали, я про себя думал (ох, дайте мне сказать. что я думал!), я думал, что (ну, уж конечно, этого не может быть, Настенька), я думал, что вы... я думал, что вы как-нибудь там... ну, совершенно посторонним каким-нибудь образом, уж больше его не любите. Тогда, - я это и вчера и третьего дня уже думал, Настенька, - тогда я бы сделал так, я бы непременно сделал так, что вы бы меня полюбили: ведь вы сказали, ведь вы сами говорили, Настенька, что вы меня уже почти совсем полюбили. Ну, что ж дальше? Ну, вот почти и все, что я хотел сказать; остается только сказать, что бы тогда было, если б вы меня полюбили, только это, больше ничего! Послушайте же, друг мой, - потому что вы все-таки мой друг, - я, конечно, человек простой, бедный, такой незначительный, только не в том дело (я как-то все не про то говорю, это от смущения, Настенька), а только я бы вас так любил, так любил, что если б вы еще и любили его и продолжали любить того, которого я не знаю, то все-таки не заметили бы, что моя любовь как-нибудь там для вас тяжела. Вы бы только слышали, вы бы только чувствовали каждую минуту, что подле вас бьется благодарное, благодарное сердце, горячее сердце, которое за вас... Ох, Настенька, Настенька! что вы со мной сделали!..

- Не плачьте же, я не хочу, чтоб вы плакали, - сказала Настенька, быстро вставая со скамейки, - пойдемте, встаньте, пойдемте со мной, не плачьте же, не плачьте, - говорила она, утирая мои слезы своим платком, - ну, пойдемте теперь; я вам, может быть, скажу что-нибудь... Да, уж коли теперь он оставил меня, коль он позабыл меня, хотя я еще и люблю его (не хочу вас обманывать)... но, послушайте, отвечайте мне. Если б я, например, вас полюбила, то есть если б я только... Ох, друг мой, друг мой! как я подумаю, как подумаю, что я вас оскорбляла тогда, что смеялась над вашей любовью, когда вас хвалила за то, что вы не влюбились!.. О, боже! да как же я этого не предвидела, как я не предвидела, как я была так глупа, но... ну, ну, я решилась, я все скажу...

- Послушайте, Настенька, знаете что? я уйду от вас, вот что! Просто я вас только мучаю. Вот у вас теперь угрызения совести за то, что вы насмехались, а я не хочу, да, не хочу, чтоб вы, кроме вашего горя... я, конечно, виноват, Настенька, но прощайте!

- Стойте, выслушайте меня: вы можете ждать?

- Чего ждать, как?

- Я его люблю; но это пройдет, это должно пройти, это не может не пройти; уж проходит, я слышу... Почем знать, может быть, сегодня же кончится, потому что я его ненавижу, потому что он надо мной насмеялся, тогда как вы плакали здесь вместе со мною, потому что вы не отвергли бы меня, как он, потому что вы любите, а он не любил меня, потому что я вас, наконец, люблю сама... да, люблю! люблю, как вы меня любите; я же ведь сама еще прежде вам это сказала, вы сами слыхали, - потому люблю, что вы лучше его, потому, что вы благороднее его, потому, потому, что он...

Волнение бедняжки было так сильно, что она не докончила, положила свою голову мне на плечо, потом на грудь и горько заплакала. Я утешал, уговаривал ее, но она не могла перестать; она все жала мне руку и говорила между рыданьями: "Подождите, подождите; вот я сейчас перестану! Я вам хочу сказать... вы не думайте, чтоб эти слезы, - это так, от слабости, подождите, пока пройдет..." Наконец она перестала, отерла слезы, и мы снова пошли. Я было хотел говорить, но она долго еще все просила меня подождать. Мы замолчали... Наконец она собралась с духом и начала говорить...

- Вот что, - начала она слабым и дрожащим голосом, но в котором вдруг зазвенело что-то такое, что вонзилось мне прямо в сердце и сладко заныло в нем, - не думайте, что я так непостоянна и ветрена, не думайте, что я могу так легко и скоро позабыть и изменить... Я целый год его любила и богом клянусь, что никогда, никогда даже мыслью не была ему неверна. Он презрел это; он насмеялся надо мною, - бог с ним!

Но он уязвил меня и оскорбил мое сердце. Я - я не люблю его, потому что я могу любить только то, что великодушно, что понимает меня, что благородно; потому что я сама такова, и он недостоин меня, - ну, бог с ним! Он лучше сделал, чем когда бы я потом обманулась в своих ожиданиях и узнала, кто он таков... Ну, кончено! Но почем знать, добрый друг мой, - продолжала она, пожимая мне руку, - почем знать, может быть, и вся любовь моя была обман чувств, воображения, может быть, началась она шалостью, пустяками, оттого, что я была под надзором у бабушки? Может быть, я должна любить другого, а не его, не такого человека, другого, который пожалел бы меня и, и... Ну, оставим, оставим это, - перебила Настенька, задыхаясь от волнения, - я вам только хотела сказать... я вам хотела сказать, что если, несмотря на то что я люблю его (нет, любила его), если, несмотря на то, вы еще скажете... если вы чувствуете, что ваша любовь так велика, что может, наконец, вытеснить из моего сердца прежнюю... если вы захотите сжалиться надо мною, если вы не захотите меня оставить одну в моей судьбе, без утешения, без надежды, если вы захотите любить меня всегда, как теперь меня любите, то клянусь, что благодарность... что любовь моя будет наконец достойна вашей любви... Возьмете ли вы теперь мою руку?

- Настенька, - закричал я, задыхаясь от рыданий, - Настенька!.. О Настенька!

- Ну, довольно, довольно! ну, теперь совершенно довольно! заговорила она, едва пересиливая себя, - ну, теперь уже все сказано; не правда ли? так? Ну, и вы счастливы, и я счастлива; ни слова же об этом больше; подождите; пощадите меня... Говорите о чем-нибудь другом, ради бога!..

- Да, Настенька, да! довольно об этом, теперь я счастлив я... Ну, Настенька, ну, заговорим о другом, поскорее, поскорее заговорим; да! я готов...

И мы не знали, что говорить, мы смеялись, мы плакали, мы говорили тысячи слов без связи и мысли; мы то ходили по тротуару, то вдруг возвращались назад и пускались переходить через улицу; потом останавливались и опять переходили на набережную; мы были как дети...

- Я теперь живу один, Настенька, - заговорил я, - а завтра... Ну, конечно, я, знаете, Настенька, беден, у меня всего тысяча двести, но это ничего...

- Разумеется, нет, а у бабушки пенсион; так она нас не стеснит. Нужно взять бабушку.

- Конечно, нужно взять бабушку... Только вот Матрена...

- Ах, да и у нас тоже Фекла!

- Матрена добрая, только один недостаток: у ней нет воображения, Настенька, совершенно никакого воображения; но это ничего!..

- Все равно; они обе могут быть вместе; только вы завтра к нам переезжайте.

- Как это? к вам! Хорошо, я готов...

- Да, вы наймите у нас. У нас там, наверху, мезонин; он пустой; жилица была, старушка, дворянка, она съехала, и бабушка, я знаю, хочет молодого человека пустить; я говорю: "Зачем же молодого человека?" А она говорит: "Да так, я уже стара, а только ты не подумай, Настенька, что я за него тебя хочу замуж сосватать". Я и догадалась, что это для того...

- Ах, Настенька!..

И оба мы засмеялись.

- Ну, полноте же, полноте. А где же вы живете? я и забыла.

- Там, у -ского моста, в доме Баранникова.

- Это такой большой дом?

- Да, такой большой дом.

— Ах, знаю, хороший дом; только вы, знаете, бросьте его и переезжайте к нам поскорее...

— Завтра же, Настенька, завтра же; я там немножко должен за квартиру, да это ничего... Я получу скоро жалованье...

— А знаете, я, может быть, буду уроки давать; сама выучусь и буду давать уроки...

— Ну вот и прекрасно... а я скоро награждение получу, Настенька...

— Так вот вы завтра и будете мой жилец...

— Да, и мы поедем в "Севильского цирюльника", потому что его теперь опять дадут скоро.

— Да, поедем, — сказала смеясь Настенька, — нет, лучше мы будем слушать не "Цирюльника", а что-нибудь другое...

— Ну хорошо, что-нибудь другое; конечно, это будет лучше, а то я не подумал...

Говоря это, мы ходили оба как будто в чаду, в тумане, как будто сами не знали, что с нами делается. То останавливались и долго разговаривали на одном месте, то опять пускались ходить и заходили бог знает куда, и опять смех, опять слезы... То Настенька вдруг захочет домой, я не смею удерживать и захочу проводить ее до самого дома; мы пускаемся в путь и вдруг через четверть часа находим себя на набережной у нашей скамейки. То она вздохнет, и снова слезинка набежит на глаза; я оробею, похолодею... Но она тут же жмет мою руку и тащит меня снова ходить, болтать, говорить...

- Пора теперь, пора мне домой; я думаю, очень поздно, - сказала наконец Настенька, - полно нам так ребячиться!

- Да, Настенька, только уж я теперь не засну; я домой не пойду.

- Я тоже, кажется, не засну; только вы проводите меня...

- Непременно.

- Но уж теперь мы непременно дойдем до квартиры.

- Непременно, непременно...

- Честное слово?.. потому что ведь нужно же когда-нибудь воротиться домой!

- Честное слово, - отвечал я смеясь...

- Ну, пойдемте!

- Пойдемте.

- Посмотрите на небо, Настенька, посмотрите! Завтра будет чудесный день; какое голубое небо, какая луна! Посмотрите: вот это желтое облако теперь застилает ее, смотрите, смотрите!.. Нет, оно прошло мимо. Смотрите же, смотрите!..

Но Настенька не смотрела на облако, она стояла молча, как вкопанная; через минуту она стала как-то робко, тесно прижиматься ко мне. Рука ее задрожала в моей руке; я поглядел на нее... Она оперлась на меня еще сильнее.

В эту минуту мимо нас прошел молодой человек. Он вдруг остановился, пристально посмотрел на нас и потом опять сделал несколько шагов. Сердце во мне задрожало...

- Настенька, - сказал я вполголоса, - кто это, Настенька?

- Это он! - отвечала она шепотом, еще ближе, еще трепетнее прижимаясь ко мне... Я едва устоял на ногах.

- Настенька! Настенька! это ты! - послышался голос за нами, и в ту же минуту молодой человек сделал к нам несколько шагов.

Боже, какой крик! как она вздрогнула! как она вырвалась из рук моих и порхнула к нему навстречу!.. Я стоял и смотрел на них как убитый. Но она едва подала ему руку, едва бросилась в его объятия, как вдруг снова обернулась ко мне, очутилась подле меня, как ветер, как молния, и, прежде чем успел я опомниться, обхватила мою шею обеими руками и крепко, горячо поцеловала меня. Потом, не сказав мне ни слова, бросилась снова к нему, взяла его за руки и повлекла его за собою.

Я долго стоял и глядел им вслед... Наконец оба они исчезли из глаз моих.

УТРО

Мои ночи кончились утром. День был нехороший. Шел дождь и уныло стучал в мои стекла; в комнатке было темно, на дворе пасмурно. Голова у меня болела и кружилась; лихорадка прокрадывалась по моим членам.

- Письмо к тебе, батюшка, по городской почте, почтарь принес, - проговорила надо мною Матрена.

- Письмо! от кого? - закричал я, вскакивая со стула.

- А не ведаю, батюшка, посмотри, может, там и написано от кого.

Я сломал печать. Это от нее!

"О, простите, простите меня! - писала мне Настенька, - на коленях умоляю вас, простите меня! Я обманула и вас и себя. Это был сон, призрак... Я изныла за вас сегодня; простите, простите меня!..

Не обвиняйте меня, потому что я ни в чем не изменилась пред вами; я сказала, что буду любить вас, я и теперь вас люблю, больше чем люблю. О боже! если б я могла любить вас обоих разом! О, если б вы были он!"

"О, если б он были вы!" - пролетело в моей голове. Я вспомнил твои же слова, Настенька!

"Бог видит, что бы я теперь для вас сделала! Я знаю, что вам тяжело и грустно. Я оскорбила вас, но вы знаете - коли любишь, долго ли помнишь обиду. А вы меня любите!

Благодарю! да! благодарю вас за эту любовь. Потому что в памяти моей она напечатлелась, как сладкий сон, который долго помнишь после пробуждения; потому что я вечно буду помнить тот миг, когда вы так братски открыли мне свое сердце и так великодушно приняли в дар мое, убитое, чтоб его беречь, лелеять, вылечить его... Если вы простите меня, то память об вас будет возвышена во мне вечным, благодарным чувством к вам, которое никогда не изгладится из души моей... Я буду хранить эту память, буду ей верна, не изменю ей, не изменю своему сердцу: оно слишком постоянно. Оно еще вчера так скоро воротилось к тому, которому принадлежало навеки.

Мы встретимся, вы придете к нам, вы нас не оставите, вы будете вечно другом, братом моим... И когда вы увидите меня, вы подадите мне руку... да? вы подадите мне ее, вы простили меня, не правда ли? Вы меня любите *по-прежнему*?

О, любите меня, не оставляйте меня, потому что я вас так люблю в эту минуту, потому что я достойна любви вашей, потому что я заслужу ее... друг мой милый! На будущей неделе я выхожу за него. Он воротился влюбленный, он никогда не забывал обо мне... Вы не рассердитесь за то, что я об нем написала. Но я хочу прийти к вам вместе с ним; вы его полюбите, не правда ли?..

Простите же, помните и любите вашу

Настеньку".

Я долго перечитывал это письмо; слезы просились из глаз моих. Наконец оно выпало у меня из рук, и я закрыл лицо.

- Касатик! а касатик! - начала Матрена.

- Что, старуха?

- А паутину-то я всю с потолка сняла; теперь хоть женись, гостей созывай, так в ту ж пору...

Я посмотрел на Матрену... Это была еще бодрая, *молодая* старуха, но, не знаю отчего, вдруг она представилась мне с потухшим взглядом, с морщинами на лице, согбенная, дряхлая... Не знаю отчего, мне вдруг представилось, что комната моя постарела так же, как и старуха. Стены и полы облиняли, все потускнело; паутины развелось еще больше. Не знаю отчего, когда я взглянул в окно, мне показалось, что дом, стоявший напротив, тоже одряхлел и потускнел в свою очередь, что штукатурка на колоннах облупилась и осыпалась, что карнизы почернели и растрескались и стены из темно-желтого яркого цвета стали пегие...

Или луч солнца, внезапно выглянув из-за тучи, опять спрятался под дождевое облако, и все опять потускнело в глазах моих; или, может быть, передо мною мелькнула так неприветно и грустно вся перспектива моего будущего, и я увидел себя таким, как я теперь, ровно через пятнадцать лет, постаревшим, в той же комнате, так же одиноким, с той же Матреной, которая нисколько не поумнела за все эти годы.

Но чтоб я помнил обиду мою, Настенька! Чтоб я нагнал темное облако на твое ясное, безмятежное счастие, чтоб я, горько упрекнув, нагнал тоску на твое сердце, уязвил его тайным угрызением и заставил его тоскливо биться в минуту блаженства, чтоб я измял хоть один из этих нежных цветков, которые ты вплела в свои черные кудри, когда пошла вместе с ним к алтарю... О, никогда, никогда! Да будет ясно твое небо, да будет светла и безмятежна милая улыбка твоя, да будешь ты благословенна за минуту блаженства и счастия, которое ты дала другому, одинокому, благодарному сердцу!

Боже мой! Целая минута блаженства! Да разве этого мало хоть бы и на всю жизнь человеческую?..